AF450565

CATALOGUE

D'ESTAMPES

HISTORIQUES ET TOPOGRAPHIQUES

SUR LES

PROVINCES DE FRANCE

COMPRENANT UN GRAND NOMBRE

de

PORTRAITS, CARTES, VUES, PLANS

Dessinés, gravés et lithographiés

ÉCOLE FRANÇAISE

PORTRAITS, SUJETS GRACIEUX ET DE GENRE

De Boucher, Le Barbier, Longueil, Duplessis-Bertaux
Jeaurat, Eisen, Delaunay, Carême, Saint-Aubin, Huet, Cochin, Gravelot, Debucourt
Vernet, Grandville, etc.

DONT LA VENTE AURA LIEU

HOTEL DES COMMISSAIRES-PRISEURS

RUE DROUOT, 9, SALLE N° 5

Le Mercredi 1ᵉʳ Mars 1882, et jours suivants

———❖———

Mᵉ BOULLAND	M. Henri MENU
COMMISᵣᵉ-PRISEUR	MARCHAND D'ESTAMPES
Rue des Petits-Champs, 26	Rue Jacob, n° 30

PARIS — 1882

ORDRE DES VACATIONS

<table>
<tr><td>*Mercredi* 1er *Mars*..............</td><td>N^{os}</td><td>1 à 280</td></tr>
</table>

CONDITIONS DE LA VENTE

Elle sera faite au comptant.

Les Acquéreurs paieront CINQ POUR CENT en sus des enchères, applicables aux frais.

M. Henri MENU, dirigeant la vente, se charge des ordres des Amateurs, moyennant une commission de SIX POUR CENT, comprenant les frais de commission et d'emballage sur cylindres en carton.

Le règlement de la vente a lieu, sauf avis contraire, par une traite postale, dans la quinzaine qui suivra l'expédition des commissions, sans autre avis.

DÉSIGNATION

GENRE ET VARIÉTÉS

1 **Robinson Crusoé**. Suite de vignettes, d'après Siéthard. 1790. 16 pl. in-8.

2 **Bible**. Illustrations par Overbeck. 29 pl. in-8.

3 **Métamorphoses d'Ovide**. Suite de 22 planches gravées par Delvaux, Courbé, Ponce, etc., d'après Moreau, Le Barbier et autres. In-4.

4 **Premier Janvier 1760**, Premier Janvier 1821, par C. Vernet. 2 pièces in-fol. en couleur.

5 **Salon de coiffure** au XVIIe siècle, par A. Bosse. Est. in-fol. en larg.

6 **Dumont**. architecte. Perspective et construction d'un théâtre. 10 pl. in-fol.

7 **Plan du Panthéon** et d'une partie des Thermes d'Agrippa. Atelier Leclère. Gr. in-fol. cart.

8 **Topographia** Liguriæ. Belle carte en 8 feuilles gr in-fol., gravée à Milan, 1685.

9 **Portraits** des 12 Césars, par Cathelin. Petit in-4.

10 **Plans** manuscrits de l'investissement de Memmingen en l'an XIV. — Projet d'attaque de Mayence, par le général de Gerlon, et plans des fortifications, 1797. — Plan de Maestricht, de Landau, etc. **Dossier de 14 p. in-fol. et grand in-fol. plano.**

11 **Genesve**. Vue gravée vers 1600 par Poinsart et Chastillon. In-4.

12 **France bénédictine**. Carte des Abbayes et Prieurés de l'ordre de saint Benoit, dressée par le P. Chevalier, bénédictin, 1726. Gr. d. in-fol.

13 **Duflos**. Le prophète Isaïe. Gr. in-fol.

14 **Catherine** (Sainte), par Duflos. Est. in-12.

15 **Poilly**. L'Annonciation, saint François, sainte Marguerite, Frontispices. 7 p. in-fol. et in-8.

16 **Poilly**. Sainte Famille, dédiée à L. Aubery. — Autre avec les armes de la maison de Gondy. 2 est. in-fol., gravées à Rome, d'après P. Mignard.

17 — **Poilly**. Sainte Famille, d'après Lebrun. Gr. in-fol. — P. de Lionne, abbé de Saint-Martin-des-Champs. Grand in-fol.

18 **Poilly**. Chevalier de saint Michel, Sainte Famille, Christ en croix, Intérieur de la Vierge, C. Van Clève, portr., 5 p.

19 — **Picquet**. Louis XIII, portrait allégorique avec un petit plan de Paris au bas, et divers costumes, 1630. Titre in-fol., non cité.

20 **Lenfant**. Claude Jégou, de Rennes, 1661. Portr. in-fol.

21 **Peyre**, architecte. Projets d'hôtel pour le prince de Condé et divers. Cahier in-fol.

22 **Daullé**. Sirena, Vandick, Astruc. 3 p. in-4.

23 **Apothéose de Louis XVI**, par Duplessis-Bertaux. Eau-forte in-4 avant la lettre.

24 **Les Grâces** et Emblêmes divers, de Gravelot. 9 p.

25 **Ecole flamande**, par Eisen. Gr. in-fol.

26 **Route de Saint-Cloud**. — Route de Poissy, par Debucourt, d'après Vernet, 2 p. in-fol. en couleur. Gr. marges.

27 **Retour** désiré (Le), par Duflos. — L'heureux Retour, par Vidal, d'après Schenau, 2 pl. in-fol. en hauteur.

28 **Dédommagement de l'Absence**, par Vidal, d'après Schénau, 1770. — Mercure endormant Argus, par Carlier, d'après Salvator Rosa. 2 pl. in-fol.

29 **Concert méchanique**, gravé en 1769, par de Longueil, d'après Eisen. Est. in-fol. Belle ép.

30 **Costumes de la province** de Raguse. Jolies apuarelles, d'une grande fraîcheur. 7 p. in-fol.

31 **Costumes monténégrins**. Jolies aquarelles in-fol. 5 p.

32 **Costumes tyroliens**. Jolis dessins (aquarelles), in-4, coloriés, d'une grande fraîcheur. 5 p.

33 **Portrait**. Monument sépulchral. Dessin de Drouais. 3 p.

34 **Arlequin** et **le Curé**. Dessin in-fol.

35 **Conseil des Dieux**, de Raphaël. Gr. pl. double in-fol. plano en larg. Superbe ép. avec marges.

36 **Victimes de l'Amour** (Les), sujet national, par Beljambe et Alix, d'après Cauvet. Cadre.

37 **Angélique** et **Médor.** Adon, gravé par Tolo, d'après Cangiani et Matteini. 2 pl. gr. double in-fol. plano en haut. Très-belles ép. et gr. marges.

38 **Amour maternel** (L'), par Chevillet. In-fol. Belle épreuve.

39 **Jupiter** et **Antiope**, de Le Barbier, par Duflos. Gr. in-fol. en haut. Très-belle ép., gr. marges.

40 **Naufrage, de Watteau** , gravé par De Caylus, In-fol.

41 **Cabaret** au xvie siècle, de C. Vanloo, crayon rouge, par François. Grand in-fol. en larg. Très-belle ép.

42 **Le Bain**, sujet galant de Boucher, crayon rouge, double in-fol. en haut. Très-belle ép. à toutes marges.

43 **Amours** et **Vénus**, de Boucher, crayon rouge. In-fol. Belle ép., marge.

44 **Tête de femme**, tirée du portefeuille de M. De La Haye, par Boucher, crayon rouge. In-fol., toutes marges. Belles ép.

45 **Vénus couchée**, par Boucher, 1761, crayon rouge. In-fol. en larg. Très-belle épreuve à toutes marges.

46 **Déclaration** (La), par Boucher, crayon rouge. In-fol. en haut., toutes marges. Très-belle ép.

47 **Naissance de Vénus**, par Boucher. crayon rouge. In-fol. en larg. Très-belle ép.

PORTRAITS DIVERS

48 **Alexandre de Lorraine**, par Daullé. In-fol.

49 **Bourbon Conty** (Fr. de), par Th. de Leu. Portr. in-4.

50 **Bournonville** (Mlle de) en Diane chasseresse, par Valk. Jolie pièce in-4, man. noire.

51 **Bousselin** (E.), conseil. du Roi, 1710, par Dossier. Beau portr. grand in-fol.

52 **Boutemie**, dessinateur au crayon, 1658, par Nic. Cochin. Portr. in-fol.

53 **Catherine**, sœur du Roi. *J. Leclerc exc.* Portr. in-4. Belle ép.

54 **Clément XIV**. par De Launay, d'après Queverdo. Portr. in-8.

55 **Condé** (Louis de Bourbon, prince de), par Th. de Leu. Portr. in-4.

56 **De Mouchy**, de l'Oratoire, gravé en 1688, par Van Schuppen. Portr. in-fol.

57 **De Planis**, chirurgien, gravé par Michel Lasne. Portr. in-8.

58 **De Paris** (Nic.), grand-prieur de France, par **A.** Picart. Portr. gr. in-fol.

59 **Du Bois** (F.), seigneur de Mousseaux (1660), par Humbelot. Portr. in-fol.

60 **Du Busc** (A.), général des Théatins, 1689, par Trouvain. Portr. in-fol.

61 **Du Mesnil**, avocat au Parlement, m. 1569. Portr. in-12.

62 **Estrées** (Maréchal d'), par De Lorraine, d'après Vanloo. Portr. in-4.

63 **Félice** (Fortuné-Barth. de), imprimeur à Yverdon, m. en 1789. Portr. in-4. Eau-forte.

64 **Fermanel** (L.), directeur des Missions, 1688, par Habert. Portr. in-4.

65 **Fernandez** (F.), confesseur d'Anne d'Autriche, par Mic. Lasne. Portr. in-fol.

66 **François II**, roi de France, par Th. de Leu. Beau portr. in-8.

67 **Gilbert** (Grég.), religieux augustin et légat, par Dossier. Beau portr. gr. in-fol. en haut.

68 **Granate** (Louis de), (lisez Grenade), par Th. de Leu. Portr. in-8.

69 **Guldenleu** (Comte de), par Drevet. Beau portr. gr. in-fol.

70 **La Rivière**, ministre. Gravé en 1660, par Specht. Portr. in-fol.

71 **Lejay** (Nic.), président au Parlement, par Mich. Lasne. Portr. in-8.

72 **Le Masle** (Mic.), prieur des Roches, par Mic. Lasne. Portr. in-4 avant la lettre.

73 **Le Moyne** (A.), jésuite, par Gantrel. Beau portr. in-fol.

74 **Levis** (Marie de), gravé en 1781, par Green. In-fol., manière noire.

75 **Malebranche**, d'après Marillier. Beau portr. in-fol.

76 **Marie Leczinska**, 1768, dans une Pensée. In-4.

77 **Mauriceau** (F.), accoucheur célèbre. Portr. in-4, anonyme.

78 **Ménard de Chouzy**, par Gaillard. Portr. in-fol.

79 **Menières** (Durey de), jurisconsulte, 1760, par Delafosse, d'après Carmontelle. 2 port. in-fol.

80 **Mercy d'Argental**, ambassadeur à Paris en 1790, par Quenedey. Portr. in-12.

81 **Molière**. Beau portr. par Marillier. In-fol.

82 **Natalis** (Alexandre), pavé en 1701, par Van Schupen. Portr. in-fol.

83 **Nestier** (De), écuyer de la grande écurie du roi, gr. en 1753; par Daullé. Portr. gr. double in-fol.

84 **Ogé**, chef de la Révolution à Saint-Dommingue, roué en 1791, par Chrétien. Portr. in-12.

85 **Perier** (Ant.), général des Minimes, par Giffart. Beau portr. in-fol.

86 **Pie VI**, pape en 1775, par Voysard. Portr. in-fol.

87 **Prévost** (L.), secrétaire de la reine. par Poilly. Portr. in-8.

88 **Quesnel** (Fr.), peintre de Henri III, par Lasne. Portr. in-fo.

89 **Rohan** (Louise de), femme de Louis de Lorraine. Portr. in-4.

90 **Sabran** (Elzéar de), prisonnier d'État en 1812, sauvé de la peine capitale par le maréchal Oudinot. Rare portrait par Quenedey, in-12.

91 **Saint Louis** portant la couronne d'épines, par Jacquard, Gr. pl. d. in-fol. en coul.

92 **Saxe** (Maréchal de), par de Marcenay. 1766. In-4.

93 **Sully**, portrait d'après Marillier. In-fol.

94 **Teissier** (E), général de l'ordre de la Rédemption des Captifs, par Edelinck. Portr. in-fol.

95 **Thuillier** (Ch.), médecin. X. 1638, par L. Cossin. Portr. in-fol.

96 **Trullier** (Jes.), médecin. 1626. Gravé à Rome par Mellan. Portr. in-4.

97 **Villiers** (Le marquis de), par Lochon. Portr. in-fol.

SÉRIE PROVJNCIALE

ALSACE-LORRAINE

98 **Lauth, Bosch, Lietchtenber**, députés en 1848.
— Eymar et Schmit, députés en 1789. — Plan d'Ha-
guenau. — Rebwell. — Paysan de Rochersberg, etc.
Lot de 11 pl.

99 **Plans (manuscrits) de Neuf-Brisak**, fortifié
par le maréchal de Vauban (17ᵉ siècle). 2 pl. colo-
riées, gr. in-fol. pl.

100 **Portraits de Kelermann**. Migeon, Cassal, Boch,
Goldenberg, députés du Haut-Rhin en 1848. — Vues
diverses de Strasbourg et de la cathédrale. — Soulz-
matt, etc. Lot de 16 pl.

101 **Sebitius** (Mel.), archiatr. Argentorat. Portr. in-4.

102 **Plans**, vues et portraits relatifs à Strasbourg et
aux environs. 34 p.

103 **Scheiner** (Euloge), par Ketterlin. Portr. in-8.

104 **Scenographie** intérieure de la cathédrale de Strasbourg. 1628. Estampe gr. in-fol.

105 **Inauguration** de la statue de Rapp, à Colmar.
1856 et Fête. Dessins in-fol. 3 pl.

106 **Siège de Thionville** en 1558. Estampe du temps.
Gr. in-fol. en larg.

107 **Metz**. Plans du 17ᵉ siècle et modernes. — Bégin,
chevalier de Lacretelle. — Reynaud et J. Antoine,
députés en 1848. Cartes et vues diverses. Lot de
16 pl.

108 **Plan** de Metz en 1781. — Portraits de Rolland, Reynaud, d'Epernon, Grenier. Cartes, plans, etc. Lot de 20 pl.

109 **Tableau généalogique** des ducs de Lorraine et vue de Metz, gravés vers 1590. 2 est. in-fol.

110 **Blanmont** au pays des Vauges, par Hoefnagle. Vue gr, in-fol. en larg.

111 **Nancy** (Carte des environs de), par De Courtenay, abbé de Montigny. — Marsal. — Vues de Nancy. — Caricatures lorraines. — Souvenir du passage de la duchesse d'Angoulême, 24 mai 1820. — Plans, etc. Lot de 45 pl.

112 **Drouot**, Grégoire, Lafrogne, Turck, Michaud, Brice, Dombasle, Simonin, Ludre, Victor, Palissot, par Saint-Aubin, etc. Lot de 20 p.

113 **Le Pois** (Nic.), médecin du duc de Lorraine. 1585. Portrait in-12, au verso d'un titre.

114 **Face extérieure** de la porte Saint-Jean de Nancy, réparée pour le passage de Mesdames, le 28 mai 1767, par Collin. 2 pl. in-fol.

115 **Stanislas**, duc de Lorraine et de Bar, par Girardet et Lotha. Tr. bel. est. allégor. d. In-fol.

116 **Chevert**, par G. d'Agoty. Beau portr. in-4. en manière noire.

117 **Gossin**, Simon, Gillon, députés en 1789. — Buvignier, Didier, Gillon, députés en 1848. — 6 portr. in-4.

118 **Verdun** (Plans et vues de), 17ᵉ siècle. — Oudinot, par Charron, portr. gr. in-fol. et divers. — Excelmans. — Carte du Barrois en 1654, par Duval, etc. Lot de 17 p.

119 **Lorraine** (Fr. de), évesque de Verdun, par Daret.
1654. Portr. in-4.

120 **Le Tellier** de Louvois, comte d'Estrées, lieutenant
général aux Trois Evêchés, par Bligny. Portr. in-fol.

121 **Chevert**, par Polctnich. Beau portr., in-fol.

122 **Profil** de la ville et citadelle de Stenay, 1670, par
Israël Silvestre. Très gr. vue en larg.

123 **Carte** (et vue) des environs de Damvilliers et autres
places prises par le maréchal de Chastillon, 1637,
chez M. Tavernier. Grande pièce gravée, fatiguée,
avec texte imprimé.

124 **Vue et perspective de Montmédy**, par Israël
Silvestre. Très grande vue murale en largeur.

125 **Toul**, vue générale (xviie siècle) et diverses. Gouvion
Saint-Cyr, par Charon. Portrait grand in-fol. en
couleur. Plan, etc. 10 planches.

FLANDRE, PICARDIE, ARTOIS

(Nord, Pas-de-Calais, Artois)

126 **Tableau généalogique** des Comtes de Flandres
avec plan et costumes, gravé vers 1600. Double in-fol.
en haut.

127 **Fédération** des départements du Nord, du Pas-de-
Calais et de la Somme, à Lille, 1790, gravé par
Albane. Grande estampe in-fol. en largeur.

128 **Malo**, Corne, Demesurmont, Lemaire, Fureur,
Descat, Aubry, Giraudon, etc., députés du Nord en
1848. Lot de 18 portraits in-4.

129 **Scribanius**, provincial de la Société de Jésus en
Flandre, par P. Clouet, d'après Van Dyck. Beau portrait, in-4.

130 **Dunkerque** (Plan de) en 1711. — Fauconnier.
bailli de Dunkerque. — Scènes de la vie de Jean
Bart, etc. Lot de 15 planches.

131 **Bataille de Dunkerque** (ou des Dunes), 1658.
Estampes espagnoles, in-fol. 2 planches.

132 **Recueil** des combats de Jean Bart, chef d'escadre,
suivis de sa vie, par Le Gouaz. *Paris*, 1806. In-fol.
de 10 feuilles, gravé.

133 **Jean-Bart**, par Tardieu. In-4.

134 **Amédée de Savoie** (Ch.) qui s'est trouvé aux
prises de Mardick et de Dunkerque ou il reçut une
perilleuse blessure, 1652, par Daret. Portrait in-4.

135 **Rantzau** (Josias de) gouverneur de Dunkerque,
blessé à Arras, 1650, par Daret. Portrait in-4.

136 **Cateau**-Cambrésis assailli par le duc d'Alençon.
1581. Estampe du temps, in-fol.

137 **Cambrai**. Plans du xviie siècle. — Vue de l'abbaye
de Saint-Sépulcre. — Portraits de Dumouriez, Féne-
lon, Mortier. — Cartes du comté et du diocèse en
1656, etc. Lot de 25 pl.

138 **Bergaigne**, archevêque de Cambrai, par Pontius.
Petit in-fol.

139 **Gossuin**, député du Quesnoy. — Darche et Hennet,
députés d'Avesnes en 1789. — Vues et plans de Condé,
Maubeuge, Le Quesnoy, château des Potelles, etc.
Lot de 20 pl.

140 **Armentières** (Vues et plans d'), Gravelines, Aire,
etc. — Arrivée du Roi à Hazebrouck en 1827. — Port
de Gravelines, etc., etc. Lot de 50 pl.

141 **Barrau de Montagut**, né à Valenciennes, député
de Cominges et Nebouzan en 1789, par Quenedey.
Portr. in-12.

142 **Prise de Valenciennes**, par R. de Hooghe (1595).
Pl. in-fol.

143 **Montagut** (Baron de), Valenciennois, par Roger.
Portr. in-4, man. noire.

144 **Douai** (Plan de) et du fort de l'Escarpe (1712). —
Portraits des comtes de Flandres. — Titre des *Com-
mentaires* sur saint Thomas. Douai, 1649, gravé par
Bass. Lot de 14 pl. in-fol.

145 **Le Grand** (Ant.), médecin de Douai, par Roener.
Portr. in-4.

146 **Plan allemand**, manuscrit, des attaques de Douai
en 1710. Double in-fol., col.

147 **Lille** (Plan de la ville et de la citadelle de), xviie siècle.
— Festival de Juin 1838. — Bouchette, Hervin,
députés de Bailleul. — Caricatures lilloises, etc. —
Portraits, etc. Lot de 35 pl. gravées ou lithogr.

148 **Saladin**, curé de la Madeleine à Lille, massacré par
la fureur démocratique le 29 avril 1792. Portr. in-fol.
anonyme. Rare.

149 **Necker** (De), nat. Insul. 1730, par Kardier. Portr.
in-8.

150 **Lepoutre**, député de Lille, 1789, par Crauz. Portr.
in-4, man. noire.

151 **Bourignon** (Ant.) de Lille, et Me Guyon. Portr.
in-8.

152 **Orlando** de Lassus, musicien célèbre (né à Bergues)
gravé en 1593 par Sadeler. Portr. in-8. Rare.

153 **Plat à barbe lillois**. L'an Ier de la République.
Est. in-4 au trait.

154 **Catalogue** des tableaux du Musée de Lille, avec des notices sur la vie et les ouvrages des principaux peintres, 1830. Petit in-4, broché, avec couvert illustré et 25 vignettes.

155 **Bataille de Bovines.** Sujet emblématique par Ponce, d'ap. Marillier. In-fol. gr. marges.

156 **Louis de Blois**, par Van Lochon. Beau portr. in-4.

157 **Vues des villes de Picardie** (1660), par Mérian. Suite de 38 vues sur les départ de la Somme et de l'Aisne. In-4.

158 **La Condamine.** Buste planant sur un volcan américain. In-fol. Rare.

159 **Ramdures** (De), gouverneur de Doullens, par Montcornet. Portr. in-4.

160 **Chasteau** de Saint-Valery à Monseigneur le Prince, par Israël Sylvestre. Est. in-8 en larg.

161 **Saint-Valery**, vue gravée d'ap. Hackert, par Aliamet. Gr. in-fol.

162 **Duval** de Grandpré, d'Abbeville, par Courbe. Portr. in-4.

163 **Abbeville.** Plans du xviiᵉ siècle. Saint-Vulfran, détails. — Marmontel. — Doullens, par Mérian. — Montreuil-sur-Mer. — Etaples. — Abbaye de Saint-Riquier, vues diverses. Lot de 45 pl. gravées et lith. sur chine.

164 **Gabrielle de Jésus-Maria**, morte à Abbeville en 1639, par Poilly. In-4. Rare.

165 **Explosion** du magasin à poudre d'Abbeville en 1773, par Macret. Est. in-fol.

166 **Hecquet**, d'Abbeville, aut. de *L'Indécence des hommes d'accoucher les femmes*, 1737, par Daullé. Portr. in-4.

167 **Machault** (L.), prieur de Saint-Pierre d'Abbeville, gravé en 1670, par Lenfant. In-fol. Belle ép.

168 **Amiens**. Vue générale. — Monuments. — Cathédrale, détails et tombeaux. — Halles. — Maisons gothiques. — Cloître des Machabées. — Lincheux, Piquigny, Quesnel. — Portraits de Tillette, Magnez, Labordère, députés. Plans, etc. Important dossier de 60 pl. gravées ou lith. avant la lettre, sur chine. In-fol.

169 **Riolan** (d'Amiens), médecin royal, par Michel Lasne. Portr. in-4.

170 **Allégorie** sur la paix d'Amiens, 1802, par Alix. — Bonaparte présentant l'olivier de la paix, par Lecampion. — La Paix, allégorie de Lecœur. 3 pl. in-fol.

171 **Ducange**, historien national (par Giffart). Beau portr. in-fol.

172 **Faure** (François), évêque d'Amiens, par Landry. Beau portr. in-fol. avec lettre.

173 **Paix** (La) ranimant le génie des Arts (1802), par Avril, d'ap. Le Barbier. Gr. in-fol. Belle ép.

174 **Vert** (Cl. de), prieur de Saint-Pierre d'Abbeville, 1708, par Delaulne. Portr. in-8.

175 **Duval de Grandpré**, député du Ponthieu, par Allais. Portr. in-4, manière noire.

176 **Péronne**, par Mérian (1660). — Vues diverses de l'église. — Rue. — Ham, vue et plans du xviie siècle. Portraits du général Foy, etc. Lot de 24 pl. gravées et lith.

177 **Thuet** (Ch.), chan. de Saint-Fursy de Péronne. 1643, par Lasne. Portr. in-4.

178 **Pierre Fiche**, de Gargantua, proche Péronne (à Doingt) par Joron. Dessin in-fol.

179 **Joseph**, sourd et muet, trouvé sur le chemin de Péronne, 1773, par Lebeau. In-4. Belle ép.

180 **Liénart**, de Montdidier, député de Péronne, Montdidier, Roye, en 1789, par Courbe. Portr. in-4.

181 **Manessier** (Cl.), procureur à Abbeville, lieut. crim. à Hesdin, gravé en 1635 par Lenfant. Portr. in-4.

182 **Siège** et prise de Hesdin en 1639. Plan anonyme double, in-fol. en larg.

183 **Siège** d'Ardres en 1596. Estampe allemande du temps. In-4.

184 **Audomari fanum**. Plan de Saint-Omer colorié, à vol d'oiseau, xvie siècle. Double in-fol.

185 **Balduin** (F.), d'Arras, jurisconsulte, 1573. Portr. in-4.

186 **Gillet de Laumond** (d'Arras), secrétaire de l'Intendance de Lorraine, par Quenedey. Portr. in-12.

187 **Moreau** (Et.), évêque d'Arras, par Boulanger. Portr. in-fol.

188 **Bologna in Francia** (Reprise sur les Anglais qui occupent la ville, par les Français). Curieuse estampe du xviie siècle. In-fol.

189 **Bouthillier** (Victor), évesque de Boulogne, par Mariette. Portr. in-4.

190 **D'Havricourt**, député. — N.-D. des Navigateurs de Boulogne. — Thèse de Tellier de Presbonnières, de Boulogne, 1789. Placard gravé. — Boulogne (xviie siècle), par Mérian. 4 pl.

191 **De Langle** (P.), évêque de Boulogne. Port. anonyme. In-fol.

2

192 **Boulogne**. Vue générale. — Portes anciennes. — Vieille route de Montreuil. — Port. — Monument de Pilâtre. — Vimille-Samer, etc. Lot de 20 lith. de Cicéri, avant le texte. In-fol. Ép. d'artistes.

193 **Attaque** de Calais le 17 avril 1596. Estampe allemande contemporaine. In-4.

194 **Calais**. Vue générale. — Beffroi. — Hôtel de Guise. Plan ancien. — Saint-Omer. — Auxi-le-Château. Portraits de députés, etc. Lot de 25 pl.

NORMANDIE

(Eure, Calvados, Manche, Orne, Seine-Inférieure)

195 **Desjenettes**. Marguerite de Lorraine, duchesse d'Alençon. — Pierre et François, ducs d'Alençon. — Vues anciennes de Mortagne et d'Alençon, cartes, etc. Lot de 20 pl.

196 **Eude** (L'abbé Ch.), de Pont-Audemer, par Beljambe. Portr. in-4.

197 **Pont de Larche**. Ancien château. Dessin de Langlois. Ovale in-4. — Pêcheurs et mariniers au XVI⁰ siècle, d'ap. un vitrail par Seré. In-4 en couleurs.

198 **Maupeou** (R. de), seigneur de Thuis, près les Andelys, par Hubert. Beau portr. in-4.

199 **Hôtel-de-ville de Breteuil**, par Simon. — Cathédrale d'Evreux, par Noury. — Bignon, député en 1820. — Carte du département, 1790. — Portail de l'église du Mesnil. — Vue de Bernay, etc. Lot de 22 p.

200 **Jeanne de Saint-Sauveur**, de Hautes-Bruyères, 1637, par Charpignon. Portr. in-12.

201 **Ordonnance** de l'Affaire d'Ivry, 14 mars 1590. Estampe allemande du temps. In-fol.

202 **Lorraine** (Fr. de), évêque de Bayeux, par Chereau. Portr. gr. in-fol., en haut.

203 **Cospéan** (Ph.), évêque d'Aire, Nantes et Lizieux, par Van Lochon. Portr. in-8.

204 **Marie** de l'Enfant-Jésus, religieuse de Notre-Dame-de-Charité de Caen, 1660. 2 portr. in-4.

205 **Bourgueville** (Ch. de), seigneur de Brucourt, Bras, etc. (Calvados), 1588. Bois in-8.

206 **Eudes**, supérieur du séminaire de Caen, portr. in-12.

207 **Malherbe**, poëte, par Coclemans. Portr. in-fol.

208 **Collet** (Anne), religieuse à Lisieux, 1668, par Desbois. Portr. in-fol.

209 **De Lalande** (l'abbé J.), né près Falaise en 1533, par Courbe. Portr. in-8.

310 **Fromage des Feugrès**, médecin, né à Vietle, près Lisieux, par Quenedey. Portr. in-8.

211 **Bernières** (J. de), trésorier à Caen, gravé en 1670 par Landry. Portr. in-8.

212 **Carte** du duché et gouvernement de Normandie, Caen, Evreux, Dieppe, Falaise, Grandville, Honfleur, le Havre, Mont-Saint-Michel, etc. (xve siècle). 10 pl. in-fol. en larg.

213 **Vues** et monuments de Saint-Pierre-sur-Dives, Honfleur, Bayeux, Lisieux, château de Léon, prieuré de Saint-Gabriel, par V. Petit, etc. Lot de 25 lith. in-4.

214 **Becherel**, député du baillage de Coutances, par
Courbe. Portr. in-4.

215 **Caen**. Vue par Boys. — Détails de l'hôtel Duval-
Gérard, égyptologue. — Église de Caen, par Benoist
et Masson. — Titre gravé du Recueil des divers portraits de la Porte du grand Turc, par F. de la Chapelle, peintre de la ville de Caen, etc. Lot de 20 pl.

216 **Letourneur**, colonel, organisateur de la fuite de
Louis XVI en 1791, par Quenedey. Portr. in-12.

217 **Saint-Lô** (Intérieur de l'église de), par Benoist. —
Photographies de gravures anciennes. — Dessins de
M. Victor Jacques sur la vie de saint Lô d'après des
sculptures et d'anciens volumes. Lot de 10 pl.

218 **Loret**, de Carentan, gazettier célèbre, par Michel
Lasne. Portr. in-4.

219 **Napoléon III à Cherbourg**. — Vues de la ville
et du port. — Delouche, député en 1848. — Caricature. — Églises et monuments divers. — Cartes anciennes. — Costumes, etc. Lot de 30 p.

220 **Ribet**, député de la Manche, à la Convention, par
Quenedey. Portr. in-12.

221 **Mont Saint-Michel** (Vues du). — Clocher. — Détails. — Allégories. — Chevalier de Saint-Michel,
par Poilly, etc. Dossier de 25 pl., gravées et lith.

222 **Du Plessis** (Ar.), médecin avranchois, 1660. Portr.
in-4.

223 **Vues** de Granville. — Costumes granvillais. —
Courses. — Mont Saint-Michel. — Armoiries. —
Barbès. Lot de 20 pièces de tous formats.

224 **Forcoal** (J.), évêque de Séez, 1672, par Lenfant.
Beau portr. in-fol. max.

225 **Miracle de Flers**. — Église d'Argentan. — Thorigny. — Catel. — Église de Laigle. — La Bruyère, etc. Lot de 20 p.

226 **Puisaye** (comte de), de Mortagne, général vendéen. Portr. in-4., manière noire.

227 **Hébert**. — De Marcère. — Vues d'ensemble et de détails des monuments de l'Orne, par Godard, Lancelot, Thérond, etc. 30 lith. in-fol.

228 **Grandin** (l'abbé F.), d'Exmes en Normandie, par Voyer. Port. in-4.

229 **Isle de France** et lieux circonvoisins. Double in-fol. en long. Carte publiée à Tours en 1592. Elle embrasse à vol d'oiseau les pays situés entre Soissons, Montereau, Chartres et Évreux. On y voit figurer la marche du prince de Parme sur Meaux, le siège de Corbeil, la sortie d'un convoi parisien et la chasse donnée au duc de Mayenne à Ivry par le roi de Navarre.

230 **Charles d'Orléans**, comte de Dunois, par Montcornet. Beau portr. in-4.

231 **Rouen**. Vue panoramique, gravée vers 1602, avec l'arbre généalogique des Bourbons, le portrait de Henri IV et de Marie de Médicis, et le plan médaillon de *Lutetia*. Estampe double in-fol.

232 **Paroy** (Legentil de), artiste. Portr. médaillon in-12.

233 **Écusson** de P. de Véruché. archidiacre de Rouen. — Costume des Filles Dieu de Rouen. — Noble du xvie siècle. — Guiscard. — Costumes rouennais. — Ouvrière de Rouen, par Lanté. — Grossin, rouennais, député en 1789. Série de 8 pl.

234 **Maussion**, intendant de la généralité de Rouen, guillotiné en 1794, par Quenedey. Portr. in-12.

235 **Jouvenet**, gravé d'après lui-même, par A. Trouvain, gr. in-fol.

236 **Tombeau de Langlois**. — Château de Robert-le-Diable. — Vue des églises de Rouen, par Jacottet, Léger, Rouargue, Deroy. — Chapelle Saint-Romain. Hôtel Bourgueroulde, etc. Lot de 20 p. lith.

237 **De Sainte-Marthe**, président de l'Assemblée des notables à Rouen, 1652, par Daret. Portr. in-4.

238 **Hôtel de ville de Rouen**, par Renard. — Port de Rouen et courses, 1840, 1843. — Vieilles maisons, par Petit et Chalamel, etc. 10 p. gravées et lith.

239 **Rouen** (Rothomagus), 1620. Grande vue panoramique, double in-fol. en larg.

240 **Lorraine** (Ch. de), qui essaya de faire lever le siège de Rouen à Henry-le-Grand, par Daret. Portr. in-4.

241 **Sanadon**, jésuite, par Odieuvre. Portr. in-4.

242 **Rouen**, vu du Mont-Sainte-Catherine, 1768, par Bachelay. Est. gr. in-fol. en larg.

243 **Huc de Miromesnil**, par Ingouf. — De Tressan, archevêque. — Legendre, Gosselin, Corneille, Ch. Dupin, député en 1848, 6 p. gravées et lith. in-4.

244 **Berault** (Josias), avocat au Parlement de Normandie, 1614, par L. Gaultier. Portr. in-fol.

245 **Poirier d'Ambreville**, médecin rouennais, par Michel Lasne. Portr. in-4.

246 **Cabanon**, Ballot, Caulaincourt, Alcan, Bellencontre, Dupont de l'Eure, Delouche, Curial, Senard, députés normands, etc. Lot de 11 portraits lith. in-4.

247 **Armoiries** de L. de Bourville, premier président
au Parlement de Normandie, gravé au bas de deux
sujets de Vander Meulen, par Picquenot. 2 est. in-4.
en long.

248 **Beuzelin**, conseiller au Parlement de Rouen, par
Rousselet. Beau portr. in-fol.

249 **Le Couteulx** (Marie Guiller, femme), mariée en
1723, par Hautot. Portr. in-fol.

250 **Basnage** (Jac.), rouennais, ministre protestant. Beau
portr. anonyme, in-fol., man. noire.

251 **Quatremère Dijonval** (de l'Académie de
Rouen en 1790). Gr. en 1792 ; par Miger, port. in-4.

252 **Rothomagvs**. 1655. Plan double in-fol. en larg.

253 **Tellier** (Michel), intendant, chancelier, gravé par
Michel-Lasne le 12 juillet 1661. Beau portr. in-fol.

254 **Moreau de Saint-Méry**, présid. des électeurs
1789 (caché à Forges pendant la Terreur), par
Quenedey. Portr. in-12.

255 **Grossin de Bouville**, de Rouen. Portr. in-8.

256 **Lefèvre de Chailly**, député de Rouen, par Courbe.
Portr. in-4.

257 **Jeanne d'Arc** brûlée à Rouen, par Ponce, d'ap.
Marillier. Portr. emblématique, in-fol.

258 **Jeanne d'Arc** condamnée à mort, par Vinkele.
Pièce en couleur, in-fol.

259 **Jeanne d'Arc**, d'après un portrait du château
d'Eu. Dessin in-fol. Portr. d'après l'original d'Orléans. Composition de Cochin. 4 pièces.

260 **Enseignes de Jeanne d'Arc**, par Pralon. — Compienne, par Chastillon.— Ecusson de Jeanne d'Arc, tiré sur la planche inédite de L. Gaultier. — Epreuves de la composition-titre de L. Gaultier, par Riballier 3 états, dont un sur vélin. Lot de 6 pièces.

261 **Supplice de Jeanne d'Arc**. Episode de sa vie. Portraits. Statues. Images populaires, etc. Lot de 70 pièces, gravées et lith.

262 **Alègre**, président du Consistoire de Bolbec. (Par Quenedey). Portr. in-12.

263 **Profil** de la ville de Dieppe ; par Silvestre. Planche d. in-fol. en larg. Estampe rare.

264 **Eglise Saint-Protais** à Gisors. — Château de Tancarville. — Palais de justice de Saint-Lô. — Chapelle Saint-Jacques, à Dieppe, par Fragonard.— 4 lith. in-fol.

265 **Valois** (Ch. de), qui tua le comte de Sagonne à Arques... par Daret. Portr. in-4.

266 **Dieppe**. Vues générales et monuments religieux, par divers. — Harfleur, — Port de Fécamp, par Legouaz, etc. Lot de 16 pièces lith.

267 **Harfleur**, Elbeuf, Châteaux de Baclair, et de Saint Martin par Petit.—Cartes. — Eglise de Caudebec, Lot de 16 pl.

268 **Abbaye** de Jumièges en 1819, par Jorand, et vues diverses. — Cartes départementales. — Vues de Saint-Vandrille, par Manson, etc. Lot de 18 pl. lith.

269 **Château de Fresnes**, basty par Fr. d'O, lieut. général en la province de Normandie. Par Israël Silvestre. Est. in-4, en larg.

270 — **Atlas** des premières constructions et du développement de la ville du Havre, dessiné par Prissard et gravé par Adam. (Vue à vol d'oiseau et plan.) Série de 37 pl. gr. in-fol.

271 **Cousin de Grandville**, du Hâvre ; par Quenedey. Port. in-12.

272 **Havre de Grace** (Plan du) par Defer. — Vues par Pernot, Audran, Jacottet, etc. — Maison Brindeau. — Plan pour l'extension du port, présenté au Roi, en 1838, par le chevalier De Massas. — Delavigne. — Bernardin de Saint-Pierre, etc. Lot de 20 pl.

273 **Vue** de la machine à mâter établie dans le port du Havre par arrêt du 21 octobre 1781, par Vestier. In-fol. en larg.

274 **Scudéry** (Mme de) et madame de Sévigné, par Ponce d'ap. Marillier. Est. in-fol., grandes marges.

ILE-DE-FRANCE

(Seine-et-Marne, Seine-et-Oise, Seine)

275 **Profil** de la ville de Meaux, par Israël Silvestre (1662). Grande-vue double in-fol. en larg.

276 **Bossuet**, par Savart, 1773. In-8.

277 **Rouhaut** (De), chanoine de Meaux ; par Quenedey. Portr. in-12.

278 **Rupereux** (château de), vers 1600, par Chastillon. Vue in-12.

279 **Ville**, château et donjon de Moret (1600), par Chastillon. Vue in-4.

280 **Gouy**, maire de Moret, commandant la garde nationale de Fontaine-Bleau, guillotiné le 3 juillet 1794. Par Quenedey. Portr. in-12, très-rare.

281 **Château Landon** en Gatinois (vers 1600) par Chastillon. Vue in-fol. en larg.

282 **Mellun**, ville antique (1600), par Chastillon. Vue in-4.

283 **Tarbé des Sablons**, maire de Melun en 1793 ; par Quenedey. Portr. in-12.

284 **Antian** Chasteau de Nemours, (1600) par Chastillon. Vue in-4.

285 **Montereau** par Mérian. — Convoi de Jean sans Peur. — Napoléon à Montereau, par Revel, Lami. Gilhaut. Lot de 7 pièces.

286 **Bataille de Montereau**, par Lavigne d'ap. Langlois, gr. lith. d.in-fol. en larg.

287 **Petite ville de Montereau** (1592), par Chastillon. Vue in-4.

288 **Vaux-le-Vicomte.** — Fontainebleau. — Vues diverses anciennes et modernes. — Portraits de Bavoux, de Bouthillier, Isabelle de Montagu. — Environ de Moret. — Adieux de Napoléon. — Cartes — Assassinat de J.-Sans-Peur, par Vandelle, p. in-fol. en larg. (lacéré mais complet). — Planches tirées des *monuments de Seine-et-Marne*, etc. Lot de 50 p.

289 **Château de Monteriau**, par Chastillon. Vue in-4.

290 **Ancienne tour et donjon de Montereau**, par Chastillon. Vue in-4.

291 **Château de Mont Gay** (vers 1600) par Chastillon. Est. in-4.

292 **Petit** (L.), général de la Rédemption des captifs. 1630, par Mich. Lasne. Beau portr. in-fol.

293 **Vue** et perspective de la maison de Chantemesle sur le chemin de Fontainebleau, par Israël Silvestre, pl. in-4. en larg.

294 **La Rochefoucauld** député. — Vues de Provins. — Houdet, maire de Meaux. — Plan du château du Fresnes. — château de Crécy. — Vues diverses des *Monuments de Seine-et-Marne*. — Lot de 25 p. gravées et lith.

295 **Vue** et perspective du château de Fontaine-Belleau, par Israël Silvestre. Très-grande vue en larg., — Cour du Cheval-Blanc. 1667. Vue gr. in-fol.

296 **Jollivet**, député, par Quenedey. Portr. in-12.

297 **Delamet** (L.), archidiacre de la Brie, d'après Rigaud par Drevet, gr. in-fol.

298 **Ville et château** de la Ferté-sous-Jouaire (1600) par Chastillon. Vue in-fol.

299 **Vue** et perpective du château de Versailles, de la Cour et de l'Orangerie, et de l'Allée d'eau, par Silvestre. — Vues de Trianon. — Plan de Trianon en 1730, par Mariette. — Plan et coupe de l'église de Montreuil. — Plan de Versailles en 1705, par Defer. — Plan (colorié) en 1780, par Desnos. — Lot de 11 p.

300 **Plan** du labyrinthe de Versailles, par De Poilly. In-fol. en larg.

301 **Versailles** ; vues anciennes et modernes du château et de ses environs, Lot de 30 p.

302 **Portraits** de Ducis, Houdon, Meynier, Biron, De
l'Epée, Jouy, Durand, Lenotre, Chamorin, Silvestre,
Remilly, Durand, Soyer, Brochant, etc. Lot de
25 pièces.

303 **Château** d'Ecouen ; par Lebe. Vue in-fol.

304 **Gondy** (Fr. de), abbé de Saint-Martin de Pontoise.
1654, par Daret. Portr. in-4.

305 **Chasteau** antian de Palayseau, (Par Chastillon).
Est. in-4.

306 **Villeroy** (Nic. de) 1617, gr. par Mich. Lasne. Portr.
in-4.

307 **Veue** de la maison de Saint-Cloud appartenant à
Monsieur. 1671 ; par Israël Silvestre. Grande vue en
larg.

308 **Gomberville** de l'Acad. Franç. par Daret. Portr.
in-fol.

309 **Eglise de Venteuil** proche La Roche-Guyon, par
Is. Silvestre. Est. in-12.

310 **Magallon**, général, né à l'Isle-Adam; par Quenedey.
Portr. in-12.

311 **Vues** d'Orsay, Saint-Cloud, Montmorency, Meudon,
Saint-Cyr, Gentilly, etc. etc. Lot de 40 pièces.

312 **Jarry**, député de Mantes ; par Quenedey. Portr.
in-12.

313 **De Laumont**, préfet en 1806; (par Quenedey). Portr.
in-12.

314 **Vues** diverses de Saint-Germain en Laye. — Esso-
nes. — Ecouen. — Carte de la forêt Saint-Germain
par Ficquet. — Sceaux-Sèvres. — Louveciennes, etc.
Lot de 40 pièces.

315 **Château de Marcoussy** rebâti (vers 1600) par Chastillon. Est. in-4.

316 **Court de Gébelin**, aut. du Monde primitif, inhumé à Franconville, par Huet. 1784. Portr. in-4.

317 **Vue** de la ville de Corbeil du costé de la Maladrerie; par Flamen. Est. in-4 en larg.

318 **Noirelle** (Margue)., m. à Corbeil en 1664. Portr. in-8.

319 **Longuetoise**, vue du costé des Prés. — Grand Canal. — Par Flamen. 2 est. in-4. en long.

320 **Estiolle** près Corbeil (par Flamen). Est. in-8.

321 **Commanderie de Challo.** Eglise de Moulineaux, par Flamen. Est. in-4.

322 **Faubourg Saint-Léonard à Corbeil**, (par R. Zeeman). — Vue de Corbeil de dessus la rivière. — 2 est. in-8 en larg.

323 **Veue de Saint-Germain** et Corbeil de dessus la rivière. Est. in-4.

324 **Prise de Corbeil** (1593), par R. de Hooghe. Pl. in-fol.

325 **Abaye** renommé de Essavne (vers 1600), par Chastillon. Vue in-4.

326 **Eglise d'Essonne** près Corbeil ; par Paris. Est. in-fol.

327 **Vue** du Peray du costé de Corbeil, par Flamen. Très-rare est. in-4 en larg.

328 **Château de la Varenne** (Saint-Maur) par Chastillon. Vue in-4.

329 **Entrée de Henri IV à Paris**, par David, In-fol. fatig.

330 **Entrée de Henri IV à Paris**, d'après un tableau ayant appartenu à Sully, par Giboy, Est. in-fol. en couleur.

331 **Longueil** (Des) seign. de Maison, par Mellan. Portr. anon. in-fol.

332 Plan de Paris, par Hogueberg, xvi° siècle. Double in-fol. en larg. colorié.

333 **Boucher** (Laurent), curé de Saint-Symphorien, par Habert. Port. in-fol.

334 **Vieux** (Le). Louvre. — La Tour de Nesle, par Callot. In-fol.

335 **Monod**, ministre à Paris; par Quenedey, Portr. in-12.

336 **Faubourg** et église Saint-Victor, par Flamen. Est. in-4.

337 **Denis** (Mich.) imp. Portr. anonyme, in-12.

338 **Porte Saint-Antoine.** — Plan de la Madeleine. — Fête du 26 janvier 1841. — Plan du Panthéon. — Costumes. — Plan de Paris en 1811, par Esnault, etc. Lot de 40 pièces.

339 **Knapen**, syndic de la librairie. Portr. in-12, man. noire.

340 **Jardin des Tuileries**, par Silvestre. — Funérailles du duc d'Orléans. — Médailles, costumes, plans, etc. Lot de 40 pièces.

341 **Prault**, imprimeur, par Saint-Aubin, d'après Cochin. Portr. in-4.

342 **Incendie de la foire Saint-Germain**, le 17 mars 1762, par Basset. In-fol. col. *Falig.*

343 **Saugrain**, libraire, par Ficquet. Portr. in-8.

344 **Plan** manuscrit du couvent de l'église des **Petits-Pères** (xviiie siècle), grande planche en haut.

345 **Bruté** (J. S. F.), curé de Saint-Hippolyte en 1769, chez Flipart. Portr. in-fol.

346 **Commémoration** de la pose de la première pierre de St-Laurent, par Prévost. Portrait de Louis XV. Jolie pièce in-fol.

347 **Joly de Fleury** (Guil.). Procureur général, Directeur des inventaires des Archives du Parlement et du Trésor des Chartes, 1756. Par Gaillard d'apr. Didier. Gr. in-fol. à toutes marges.

348 **Perspective** horizontale du Jardin Royal des Plantes médicinales, estably à Paris par Louys le Juste. Dédié à Me Claude Bouthillier, par Guy de la Bosse, intendant de ce jardin. Désigné et gravé par Bosse en l'année 1641. Estampe gr. in-fol. en larg. Très belle ép. d'une pièce rare.

349 **Rousselet**, abbé de Ste-Geneviève, par Lemire. In-fol.

350 **Froger**, curé pendant 45 ans de l'église St-Nicolas-du-Chardonneret, dédié aux marguilliers, par Roussel, 1646. Portr. in-4. Remonté à claire-voie, avec la signature de l'artiste au verso.

351 **Camusat** (Denise), femme de P. Le Petit. Trouvain, 1692. Portr. in-fol.

352 **Festes que Paris fit à A. Farnèse** pour l'avoir délivré du blocus, par R. de Hooghe. Pl. in-fol.

353 **Caylus** (Comte de), célèbre archéologue, par de Lorraine. In-fol. Beau.

354 **Sylvain** Maréchal. Portr. in-8, avant la lettre.

355 **De Belloy**, archevêque de Paris, par Martinet. Buste in-fol. en couleurs.

356 **Portraits** de L. Rochebouet, Legras, Charron, Voltaire, Duguet, Remilly, Jubé, Anson, Lattaignant, Andrieux, Cartellier, Lesueur, etc. Lot de 35 portr.

357 **Election** d'officiers de la garde nationale, place de l'Institut. 1790, par Godefroy. Est. in-fol.

358 **Du Bertrand**, principal du collège de Navarre en 1766, gravé par Morel, d'après Brossard. Beau portr. in-fol.

359 **Nieuport** (De), paroissien de St-Come, par Queverdo. Portr. in-fol.

360 **Portraits** de Chapelain, L. Blanc, Dulaure, Lepelletier, Peupin. Mercier, Carnot, Hélyot, Guérin, Huzard, Millin, Las Cases, etc. Lot de 35 portr.

CHAMPAGNE

(Ardennes, Marne, Haute-Marne, Aube)

361 **Mézières** après 24 heures de bombardement, 1871. Mort de l'abbé Miroy, fusillé par les Prussiens (né à Mouzon). Son tombeau monumental. 3 pl. gr. in-fol.

362 **Ambly** (le Marq. d'), maréchal de camp. Né à Ambly-sur-Bas, par Combe. Portr. in-4.

363 **Beaumont**, Fumay, Rethel, vue — Cartes diverses — Hortense Mancini — Pache — Savary, etc. Lot de 46 pl.

364 **Thomas**, prince de Carignan, par Hendriex, d'après Van Dick. Beau portr. gr. in-fol.

365 **Bataille de Rocroy.** Joli sujet emblématique. par Ponce, d'après Marillier. In-fol.

366 **Barthélemy** (Vincent), avocat (de Rethel), gravé en 1657, par Platte-Montagne. Portr. in-fol.

367 **Moderne ville de Rocroi** (vers 1600), par Chastillon. Vue in-4.

368 **Robert de Sorbon,** dans sa bibliothèque. Portr. du xviie siècle, gr. in-fol.

369 **Seigneurialle** ville de Mouzon (vers 1600), par Chastillon. Vue in-4.

370 **Robert de Sorbon**, par Jollain. Port. in-fol.

371 **Ville de Maizière** (1600), par Chastillon. Vue in-4.

372 **Lefèvre-Gineau**, D'Autun, Le Billoir ardennais. — Corvisart. — Clausel, Robert, Drappier, Ternaux, Payer, députés. — Toupet, Méhul, Nevers, Fabert, etc. Lot de 15 port.

373 **Très forte ville et château de Sedan** (1600), par Chastillon. Vue in-4.

374 **Charles,** duc de Rethelois, prince d'Arches et de Charleville, par Nanteuil. Port. in-fol.

375 **Caricatures** sur Turenne et portr. — Place de Sedan. — Armures du château de Sedan, dessinées par Carré (11 portr.). Lot de 35 pl.

376 **Ville et château de Retel** (1600), par Chastillon. Vue in-4.

377 **Macdonald**, Habeneck, l'abbé Petit. Plan de Mézières. Vues de Warcq et Charleville, par Savart, etc. Lot de 15 pl.

278 **Fabert**, de Metz, maréchal de France, gouverneur de Sedan, par Poilly, d'après Ferdinand. Très beau portr. in-fol.

379 **Billuart**, théologien de Revin. 1757, par Desvertu. Rare port. in-8.

380 **Maubert-Fontaine** (1600), par Chastillon. — 2 vues in-4.

381 **Mesmes** (Jean-Antoine de) comte d'Avaux. 1652, par Humbelot. Port. gr. in-fol.

382 **Petite ville de Donchery**, par Chastillon (1600). Vue in-4.

383 **Lécuy**, d'Yvoy, dernier abbé de Prémontré, par Adolphe. Portr. in-8.

384 **Collin**, dit d'Ambly, professeur, par Quenedey, Portr. in-12.

385 **Louis XVI prêtant le serment du Sacre**. 1775, par Masquelier. Est. in-fol. Belle épr.

386 **Colbert**, Dérodé, L. Faucher. — Cathédrale de Reims.— Costumes des frères et des magneuses.— Vues de St-Remy et St-Nicaise. — Le Tellier, archevêque de Reims, par Edelinck, etc. Lot de 30 pl.

387 **Barberin**, cardinal-archevêque de Reims, par Boulanger. Portr. in-fol. Beau.

388 **Colbert**, portrait emblématique, par Ponce, d'apr. Marillier. In-fol.

389 **Remarquable bourcq d'Ay** (1592), par Chastillon. Vue in-4.

390 **Ville et notable contée de Vertv** (1600), par Chastillon. Vue in-4.

391 **Inaxeccible place de Chastillon sur Morin**, 1610. Par Chastillon. Vue in-4.

392 **Petite ville et chasteau de Dormant** (1600), vicomté, par Chastillon. Vue in-4.

393 **Vues de Chalons**. Vitry-le-François, Sainte Ménehould, bataille de Valmy. — Royer-Collard. — Mgr. de Prilly. — Aubertin, député en 1848, etc. Lot de 30 pl.

394 **Sézanne en Brye** (1592), par Chastillon. Vue in-4.

395 **Ancienne ville de Chaalons** en Champagne, par Chastillon. In-4.

396 **Faubour de Marne de Chaalons**, fortifié de neuf en 1615, par diligence. Par Chastillon. Gr. vue in-fol.

397 **Vialart**, évêque de Chalons, 1680, par Lochon. Beau portr. in-fol.

398 **Antienne** baronnie de Conflans, près Chaalons. Par Chastillon. Vue in-4.

399 **Marche de Henri IV** sur Hans et Attegny, 1591. 1591. Est. du temps. In-fol.

400 **Barbier** (P.), par Courbe. Portr. in-4.

401 **Elévation du Portail**, abside et coupe de l'église de l'abbaye des Trois-Fontaines, xviiie siècle. Dessin à l'encre de Chine, gr. in-fol. en larg.

402 **Plan** de Chaumont en Bassigny. Joli plan manuscrit colorié, xviie siècle, avec 40 indications en légende, double in-fol.

403 **Le Moyne** (P.), jésuite (de Chaumont), par Poilly, d'après Champaigne. Beau portr. in-fol.

404 **Honoré de Champigny**, capucin, mort à Chaumont, 1652, par Lenfant. Portr. in-8.

405 **Vues intérieure et extérieure de l'église de Latrecey**, exécutées sur la conduite de Verniquet, (auteur du Plan de Paris). 2 aquarelles in-fol.

406 **Lorry**, médecin, mort à Bourbonne en 1783, par Saint-Aubin. Portr. in-4.

407 **Le Pailly.** Grange de Vassy. — Cartes anciennes. — Château de Tanlay. — Eglise Saint-Aubert, etc. Lot de 25 pièces.

408 **Choiseul** (C. de). — Huot, Mougeotte, députés en 1789. — Antoinette de Bourbon. — Valferdin, Montrol, Boichot, Etienne, etc. Lot de 14 portr. gravés et lith.

409 **Langres**, Chaumont, Saint-Dizier. Monteclair, xviie siècle. Portraits et plans. 12 pl.

410 **Armoiries** de Ch. de Livron, marquis de Bourbonne. — Vues de la Ville. — Règlement des Eaux minérales, affiche de 1784. — Costume du Val des Ecoliers. — Drevon. — Etienne. — Vue de Chaumont, par Thériat. Lot de 15 pl.

411 **Massacre de Vassy**, d'ap. Tortorel. Estampe allemande. In-4.

412 **Vues** de Bar et Arcis-sur-Aube. — Nogent-sur-Seine. — Cartes. — Combats de 1814. — Méry-sur-Seine. — Tombeau d'Héloïse, etc. Lot de 25 pl. gravées ou lith.

434 **Mesgrigny** (J.-B. de), troyen, évêque de Grasse, par Masson. Portr. in-fol.

414 **Troyes**. Vues par Mérian, Crespy et Turner. — Eglises de Troyes. — Saint-Nizier et Grégoire de Tours. — Monnaies des comtes de Champagne, etc. Lot de 24 pl. gr. et lith.

415 **Pithou** (Pierre et Fr.), par Van Schuppen. 2 portraits in-fol.

416 **Le Primatice**, abbé de Saint-Martin de Troyes. — De Bérulle, par Michel Lasne. — Blampignon, par Jacquenot, avant la lettre. 3 pl. in-fol.

417 **Caussin**, jésuite, offrant l'*Année* chrétienne à la Vierge. Est. in-4.

418 **Seguier** (Duc de Villemor). Gravé en 1639, par Mellan. In-fol. Belle ép. avec contre-épreuve.

419 **Girardon**, par Ponce, d'ap. Marillier. Portr. médaillon in-fol.

420 **Chasteau de Chappes**, baronie, par Chastillon. Vue in-4.

421 **Le Noble** (Monsieur). Se vend chez Touvain, le 15 octobre 1695. Curieux et rare portrait in-fol.

422 **Bérulle** (J. de), conseiller, par Michel Lasne. Portr. in-fol.

423 **Portraits** du comte Beugnot, Henri le Libéral, De Maupas, Gerdy, Danton, Simon, Mignard, Séguier (duc de Villemor), etc. Lot de 25 portr. gravés ou lithographiés. In-4.

424 **Ville de Pont-sur-Seine**, 1600. par Chastillon. Vue in-4.

425 **Architecture de Nogent-sur-Seine**, par Boquet. Vue in-fol., coloriée.

ORLÉANAIS

(Eure-et-Loir, Loiret, Loir-et-Cher)

426 **Vues diverses** de Chartres et de Châteaudun. — Costumes. — Cartes. — J. Lescot, Noailles, Delacroix, e^tc. Lot de 25 p.

427 **Jubé**, général (de Dourdan), par Benoist. Beau portr. in-fol.

428 **Combat de Dreux**, 14 mars 1590. Est. du temps. In-fol.

429 **Lescot**, évêque de Chartres. Portr. in-4. Très-rare. Non cité par le P. Lelong et S. Lieutaud.

430 **Siége de Chartres**, en 1568. Estampe du temps. In-fol.

431 **Launay**, chasteau (sur la commune de Gilles), par Chastillon. Vue in-4.

432 **Mort de Marceau**, gravé par Courtry, d'après Laurens, 1878. Gr. in-fol. en larg. Eau-forte avant la lettre.

433 **Plan** et **Profil** av natvrel de la ville d'Orléans, dédié à M. Du Fos, chanoine de Saint-Aignan, par G. Hotot. Est. double in-fol. en larg., bordure imprimée. Sup. ép. d'une estampe rare publiée vers 1620.

434 **Delakaye**, député, 1789, par Duchemin. Portr. in-4, man. noire.

435 **Vues** anciennes et modernes d'Orléans — Portraits de P. Fouché. Girodet, Bongars, Cailleau, Péan, Darnaud. — Vues de Gien, etc. Lot de 40 p.

436 **Hutteau** (de Malesherbes), député en 1789, par Allain. Portr. in-4, manière noire.

437 **Bongars** (Jac.), gravé en 1613 par Gruterus. Portr. in-4.

438 **Gauthier** (Fr.), abbé de Savigny et d'Olivet, par Belle. Port. gr. in-foi.

439 **Aurelianvm**. Vue gravée vers 1600, avec l'arbre généalogique des Mérovingiens. In-fol. en haut.

440 **Janson**, député de Gien, 1789, Portr. in-4, man. noire,

441 **Chevreux** (Dom.), né à Orléans, dernier abbé de
la Cong. de Saint-Maur, massacré à Paris le 3 septembre 1790, par Chrétien. Portr. in-12.

442 **Profil** de la ville d'Orléans, dessiné par le sieur
D..., peintre de l'Académie, avec le plan où l'on voit
les édifices, rues, etc. Grande p. du xviiie siècle, en
larg.

443 **Turpin de Crissé**, par Audouard. Beau portrait
allégorique. In-fol.

444 **Ysambert** (Nic.), prêtre d'Orléans, 1642, par
Mich. Lasne. Port. in-fol.

445 **Aurelia**, Vernaculo Orliens. Grande vue du xviie
siècle, à vol d'oiseau, avec indication de monuments et armoiries. Double in-fol.

446 **Vallet**, curé de Gien, par Devouges. Portr. in-4,
manière noire.

447 **Loménie** (Ant. de), seigneur de la Ville-aux-Clercs,
par Lasne. 1647. Beau port. in-4.

448 **Le Ponty**, belle maison de plaisance, près Orléans,
par Chastillon. Gr. vue in-fol.

449 **Salomon de la Saugerie**, député d'Orléans en
1789, par Sander. Portr. in-4, manière noire.

450 **Entrevue** de la reine et du prince de Condé, 1563,
près Orléans. Estampe du temps. In-fol.

451 **Lambert**, de Belan, député en 1792, par Quenedey. Portr. in-12.

452 **Etats d'Orléans**, 1561. Est. allemande du temps.
In-4.

453 **Chasteau et partie de la ville de Blois**, 1670,
par Israël Silvestre. Très-grande vue en larg. Ep.
avant la lettre.

454 **Vues** anciennes et modernes de Blois et du château. — Cartes. — Portraits de Ronsart, Sarrut, Gérard, seigneur de la maison de Blois, etc. Lot de 30 p.

455 **Bertier** (Nic. de), premier évêque de Blois, par Deroy. Beau portr. in-fol.

456 **Blois**. Hôtel d'Alluye, Degrés du Château, Maison de P. de Blois, Rue des Violettes, Rue des Orfèvres. 6 eaux fortes, in-fol.

457 **Veue** et **Perspective du chasteau de Bury.** 1642. — Fasce du chasteau de Bury, 1650, par Israël Silvestre. 2 pl. in-fol. en larg.

458 **Louvart**, capitaine, de Pont-Levoy, par Quenedey. Portr. in-12.

459 **Perspective du château de La Ferté**-Imbault, en Sologne, possédé par Robert d'Etampes. [Dessiné en 1762. Curieux dessin, gr. double in-fol. en larg.

460 **Dodun,** marquis d'Herbaut (Loir-et-Cher), 1726, par Drevet. Portr. gr. in-fol.

—

BERRI, TOURAINE, BOURBONNAIS
NIVERNAIS

(Indre, Cher, Indre-et-Loire, Nièvre, Allier
Creuse)

461 **Benoist de Bonnières** (de Gracay), par Mariage. Portr. in-fol.

462 **Gilbert de Pontchateau**, provincial des Franciscains en Touraine, par Houssard. Portr. gr. in-fol.

463 **Grangier**, Boéry, Legrand, Bertrand, Charlemagne. — Cartes. Lot de 12 p.

464 **Grangier**, député du Berry. 1789, par Delaplace. Portr. in-4, man. noire.

465 **Vues** anciennes et modernes de Bourges. — Portraits de Gambon, Pyat, Desgranges, Duplan, Bengy, Boin. — Cartes, Armoiries, etc. Intéressant lot de 80 p.

466 **Chenv** (J.), jurisconsulte, de Bourges, gravé en 1620, par L. Gaultier. Portr. in-4.

467 **Cartes manuscrites** de la forêt d'Amboise, et Vues de la ville. — Loches. — Château de Chavigny. Tours, xviiᵉ siècle, grande vue en larg. — Beaulieu, etc. Lot de 60 p.

468 **Bérulle**, cardinal, évêque nommé de Tours, abbé de Marmoutiers, par Lasne. Beau portr. in-fol. av. la lettre.

469 **Portraits** de Coligny, La Vallière, Tavannes, De Menou, — Vue de Tours, par Mérian, etc. Lot de 14 p.

470 **Mabileau**, de Bourgueil, de l'Oratoire, 1772. Beau portr. in-fol.

471 **Massacre** des Protestants à Tours, 1562. Est. du temps. In-fol.

472 **Bergey**, administrateur d'Indre-et-Loire en 1792, par Quenedcy. Portr. in-8.

473 **Valette**, De Menou, Payen, Bouchet, Jullien, Bertrand, Taschereau, députés. Lot de 7 p.

474 **Ville** et **Chasteau de Loches**, 1572. Bois gravé. In-fol.

475 Supplice de La Renaudie et Complices. 1560. Estampe du temps. In-4.

476 Joseph, provincial des Capucins de Touraine et Poitou, par Lasne. Port. in-4.

477 Valette, député en 1789, par Duchemin. Portr. in-4, man. noire.

478 Vue de Nevers, xviie siècle, in-fol. en long, et Vues diverses. — Portraits de Dupin, Saint-Just, Manuel, Gambon, etc. Lot de 30 p.

479 Vigenère (Blaise de), Bourbonnois, 1595, par Thomas de Leu. Portr. in-fol.

480 Vues anciennes et modernes de Moulins, Bourbon-l'Archambault, Souvigny, etc. — Cartes. — Portraits de Touviat, Chatel, Laussedat, Goyard, etc. Lot de 45 p.

481 Chasteau de Moulins, en Bourbonnois, par Is. Silvestre. In-4.

482 Villars, par Ponce, d'après Marillier. Beau portrait emblématique. In-fol.

483 Carte itinéraire manuscrite de la Creuse en 1809. — Vue d'Aubusson et Felletin. — Cartes. — Portraits de Lossarre et de Grellet, députés. Lot de 14 p.

484 Hédelin, abbé d'Aubignac, 1663, par Rousselet. Portr. in-8.

485 Bannoy de La Chaud, député de Guéret, 1789. Portr. in-4, man. noire.

486 Couvent des Augustins de Blanc en Berry-sur-la-Creuse, par Flamen. Est. in-8.

AUVERGNE, LIMOUSIN

(Haute-Loire, Puy-de-Dome, Cantal Haute-Vienne, Corrèze)

487 **Portraits** d'Avond, Lafayette, Saint-Ferréol. — Vues du Puy, etc. Lot de 20 p.

488 **Maupas** du Tour, évesque du Puy, 1654. Portr. in-4.

489 **Cochet de Saint-Valier**, comte de Brioude, par Thomassin. Beau portr. in-fol.

490 **Agnès de Jésus**, mort à Langeac, 1634. Portr. in-4.

491 **Ruines de la Tournelle** près Volvic. — Vues de Clermont-Ferrant, Riom, Montferrand, Volvic-Mont d'Or, etc. Lot de 50 pièces.

492 **Portraits** de Malouet, Pascal, dom Gerle, Allemand de Riom, Thomas, Andrieu et de Mascon, députés en 1789. — L'Hôpital portraits et statues, etc. Lot de 15 pièces.

493 **Portraits** de Delzons et Durieux. Costumes auvergnats. — La Chaise-Dieu. — Chamolières, etc. Lot de 32 pièces.

494 **L'Hôpital** (Mich. de). par Ponce d'ap. *Marillier*. Belle est. in-fol.

495 **Pascal**, par Edelinck. In-fol.

496 **Thomas** de l'Académie, d'ap. Cochin, 1767. Portr. in-8.

497 **Bourzéis** (A. de), de Volvic, abbé de Saint-Martin de Cores, par Gantrel. Portr. in-4,

498 **Baudet**. dép. du Puy-de-Dôme. 1798. Portr. in-12.

499 **Boiriot**, avocat à Clermont, par Chrétien. Portr. in-12.

500 **La Rochefoucault** (De).évêque de Clermont,1652 par Daret. Portr. in-4.

501 **Banier**, bibliothécaire à Clermont, par Chrétien, Portr. in-12.— Huguet, député de Clermont en 1789, par Quenedey. Portr. in-12.

502 **Galard** (Mgr de), né près de Lectoure, évêque du Puy, par Quenedey. Portr. in-12.

503 **Desaix**, portraits divers, — Episodes de la bataille de Marengo. — Projets de fontaines commémoratives de la mort de Desaix. Lot de 28 pièces.

504 **Desaix**, débarquant en France, par Potrelle. Belle ép.. manière noire. gr. in-fol.

505 **Brion** (Jean de), marquis de Caubrondes, gravé en 1671 ; par Lenfant. Gr. in-fol, belle ép.

506 **Bataille de Marengo**, représentant, le moment de l'action lorsque le général Desaix fut mortellement blessé. Publié à Londres le 1e juin 1802, d'ap. Pellegrin. Belle est. en manière noire, d. in-fol. en larg.

507 **Portraits** de Gautier de Bauzats, Montlosier, Hébrard du Fau. Milhaud. Carrier, etc. Carte et plan d'Aurillac. Lot de 16 pièces.

508 **Bertrand**, député de Saint-Flour. 1789. Portr.in-4. manière noire.

509 **Plan de Limoges** et cartes du Limosin, céd. à Mgr de Lévy, évêque, le 4 février 1594, par J. Fayan, médecin, avec quatrain de J. Blanchot. Double in-fol. en larg.

510 **Grellet**, député en 1789, président à Limoges, par Allain. Portr. in-4, manière noire.

511 **Siège de Limoges** ; par Melchior Tavernier. Vue cavalière in-fol.

512 **De Besse** (P.) limosin, 1618 ; par L. Gaultier. Port. in-4.

513 **Vues de Limoges** — Cartes. Portraits de Chavoix, Maurat. J. de Cordes, etc. Lot de 30 pièces.

514 **Jourdan**, de Limoges, gén. en chef. Portr. in-8, man. noire.

515 **Brune**, colonel, par Bance. 1793. Portr. in-8,

516 **Monument** à la gloire du roi (Louis XVI) par de Lubersac, prieur de Brives. Esquisse au premier trait par Masquelier. Est in-fol. en haut.

517 **Pénières**. — Dubousquet. députés. — Vieilles maisons à Tulles, par Petit-Verches, Chastenet. Malmort. Belvau, etc. 9 lith. in-4.

518 **Dubois**, cardinal (de Brives), archevêque de Cambrai, par Drevet. d'apr. Rigaud. Beau portr. gr. in-fol.

POITOU, MAINE ET ANJOU

(Sarthe, Mayenne, Maine-et-Loire, Vienne
Vendée)

519 **Portraits** de Lepelletier de la Sarthe, Hardouin, Desormeaux, Chappe. — Pierres druidiques. — Vues de Château. — La Ferté-Bernard, etc. Lot de 22 pièces.

520 **Cœffeteau** (Nic), de Saint-Calais-Maine, évêque, par Lasne. Beau portr. in-fol.

521 **Servien** (A.) marquis de Sablé, par Lasne. Portr. in-4, av. lettre.

522 **De Vaujuas**, Dambray. Bernard Dutreil, députés en 1848. — Châteaux de La Motte et Saulnoye, etc. Dossier de 12 pl. in-4.

523 — **Vues** anciennes et modernes d'Angers et de Saumar. — Châteaux divers. — Plan d'Osembray. — — Costumes, etc. Lot de 50 pièces.

524 **Menard**, De Hercé, Louvet, Lasnier de Vouissenay, Labourdonnaye, Jacquemart, Freslon, etc. députés de Maine-et-Loire. Lot de 12 pièces.

525 **Veüe et perspective** du Château de Verges en Anjou, demeure des princes de Rohan-Guéméné, par Is. Silvestre. Est. in-4, en larg.

526 **Moreau** (A.) médecin, par Mich. Lasne. Portr. in-4.

527 **Angers**, capitale de l'Anjou ; par Aveline. Est. in-fol.

528 **Portraits** de Louvet, Degousée, de Ferrières, David d'Angers. Pitt, Bazile, Olivier, etc. Lot de 12 pièces.

529 **Le Gangneur**, d'Angers, calligraphe : par Thomas de Leu. Portr. in-4.

530 **Le Pelletier** (Mich.), abbé de Jouy, évêque d'Angers ; par Van Schuppen. Gr. in-fol.

531 **Bedé** (Abel), ministre angevin, 1598. (par Granthome). Portr. in-8, rare.

532 **Arnauld** (H.), évêque d'Angers, par Poilly. Portr. in-fol.

533 **Delion de Surade**, député du Poitou en 1789.
— Église de Rufec. — Cartes, etc. Lot de 24 pièces.

534 **Journée de Montcontour**, 1569. Est. du temps.
In-4.

535 **Pasquier** (Etienne), délégué aux grands jours de
Poitiers, par Thomas de Leu. Portr. in-4.

536 **Irland de Bazoges**. — Sainte-Radegonde. — Richard, Maichin, députés en 1848, — Cartes. — Plan
des Sables-d'Olonne. Lot de 14 pièces.

537 — **Bonamy** (A.-C.) de Maillezais, par Quenedey.
Portr, in-18.

538 **Portraits** de Réveillère Lépaux, Manuel, Luneau
et div. députés de la Vendée. Costumes, etc. Dossier de 14 pl. gravées et lith.

539 **Richelieu**, évêque de Luçon, par Ponce, d'ap.
Marillier. Portr. in-fol. Beau.

540 **Montagut** député de Comminges en 1789 ; par
Quenedey, Portr. in-12.

541 **Nivelle** (P.), évêque de Luçon (né à Troyes) gr., en
1651 ; par Mich. Lasne. Portr. in-fol.

542 **Pervinquière**, de Fontenay-le-Comte, député en
1789. Par Quenedey. Portr. in-12.

543 **Guérin** général vendéen ; par Quenedey. Portr.
in-12.

544 **Tiraqueau** (And.) jurisconsulte de Fontenay-le-
Comte. Gravé à Lyon en 1579. Bois in-fol.

545 **Mercy** (Ch. de), né à Maubec, évêque de Luçon,
puis arch. de Bourges ; par Chrétien. Port. in-12.

BRETAGNE

(Ile-et-Vilaine, Côtes-du-Nord, Finistère
Morbihan, Loire-Inférieure)

546 **Plan manuscrit** du château des Rochers, habita-
tion de Me de Sévigné, av. légendes. Dressé en 1786.
In-fol. en haut.

547 **Jegou** (Claude), présid. du Parl. de Rennes, gravé
en 1661 : par Lenfant. Beau portr. gr. in-fol.

548 **Bourgueneuf** (De), baron d'Orgères. près. au
Parl. de Bretagne, 1661 ; par Landry. Portr. in-4.

549 **Carte** du château des Rochers, présenté à la com-
tesse de Carlisle, par Schoyn, Est. in-fol. en larg.

550 **Alleman** (L.), év. de Saint-Malo, arch. d'Arles
(xviie siècle). Portr. in-4.

551 **Couvent** des Augustins de Victray en Bretagne
(par Flamen). Est. in-4.

552 **Héloïse** et **Abeilard**, par Garnier, d'ap. Picot.
Est. gr. in-fol.

553 **Couvent** de Malestroict en Bretagne, (par Flamen).
Est. in-4.

554 **Mayeuc** (Yves), évesque de Rennes, 1541, gravé en
1638, par Maltheus. Portr. in-4.

555 **Pons de Laurière**, lieutenant au gouvernement
de Bretagne, par Montcornet. In-4.

556 **Queriolles**, conseiller au Parlement de Rennes,
1660, par Boultais. Portr. in-12.

557 **Brillac** (De), président du Parlement de Bretagne 5
par Petit, portr. in-8.

558 **Rennes**, par Mérian. — Legeard, Meaulle, Postel,
Delafosse, Rabuen, Lanjuinais, députés. — Masures
du pont Carthage à Rennes, etc. 20 pl. gravées
et lith.

559 **Le Borgne** (Vin.) aut. de l'*Armorial de Bretagne*,
1660 ; par Humbelot. Beau portr. in-fol.

560 **Vues** de Dinan, Saint-Brieuc, Chateaubriand. — Portraits de Largentais et Tassel, députés en 1848.
— Cartes — Dugay-Trouin — D'Estaing — |Combat
du 22 septembre 1779 contre le vaisseau anglais
le Sérapis, etc. Dossier de 20 pl.

561 **Jegou de Quervillio**, évêque de Tréguier, par
Mouthard. Portr. gr. in-fol.

562 **Marie de l'Incarnation**, supérieure des Ursu-
lines de Plouermel, par Rousselet, Thévenard. —
3 portr. in-4.

563 **Brest**, par Mérian (1660) — Costumes bretons — Vue
fle Quimper — Lacrosse, député en 1848 — Saint-Pol
de Léon — Cartes et portraits, etc. Dossier de 25 pl.
gravées et lith. sur Chine.

564 **Billette**, de Quimperlé, député de Carhaix en 1789,
par Sergent. Portr. teinté. In-4.

565 **Linois**, contre-amiral (de Brest). — Linois fils, par
Quenedey. 2 portr. in-12.

566 **Armelle** (Nicolas), m. à Vannes en 1671. Portr. in-4.

567 **Pierres druidiques** de Carnac. — Antiquités de
Vannes. — Cartes et costumes bretons. — Dahirel,
député en 1848, etc. Dossier de 20 pl. gravées et
lith. sur Chine.

568 **Bigarré**, général, né à Belle-Isle (par Quenedey).
In-12.

569 **Dordelin**, contre-amiral (de Lorient), par Quenedey. Portr. in-12.

570 **Poupart**, de Lorient, guillotiné à Paris le 2 mars
1794, par Quenedey. Portr. in-12.

571 **Portes-remparts** et **vues** diverses de Nantes. —
Cartes de la Bretagne ancienne.— Redon.— Clisson.
— Portraits de la Guibourgère, député en 1848, et
divers. — Guérande. — Tombeau de François II.
— Vieux château de Nantes, etc. Dossier de 50 pl.
gravées et lith. sur Chine.

572 **Le Ray**, intendant des Invalides, né à Nantes, par
Mariage. Beau portr. in-fol.

SAINTONGE ET ANGOUMOIS

573 **Pays de Xaintonge** (XVIIe siècle). — Vues d'Angoulême et de Saintes.—Abbaye de Bassac, etc. Portraits de François 1er, etc. Lot de 30 p.

574 **Joubert**, député, évêque constitutionnel de la
Charente, par Coutelier. Portr. in-4. manière noire.

575 **Combat de Cognac**, 6 janvier 1568. Estampe allemande du temps. In-fol.

576 **La Rochelle**, Royan, Saint-Jean-d'Angély, Oléron,
etc. (1660), par Mérian. 7 pl. in-4.

577 **Faure** (H). d'Angoulême, prédic. du roi, par Humbelot. Portr. in-fol.

578 **Bonnegens** (J.), député de Saint-Jean-d'Angély,
par Courbe. Portr. in-4.

579 **Xaintonge — Aunis**, ville et gouvernement de La
Rochelle, 1621, par Picquet.—2 cartes double in-fol.

580 **Rivet** (André), professeur à La Rochelle, gravé en 1650, par Mœurs. Beau portr. in-4. manière noire.

581 **Ile d'Oléron** (XVII⁰ siècle) — Ports de La Rochelle et de Saint-Jean-d'Angély. — Cartes. — Tombeau des 4 Sergents — Cafarelli, etc. Lot de 20 pl.

582 **Dupaty** (Ch.), gravé par Gaucher en 1786. In-4.

583 **Ville de Saint-Jehan-d'Angély** (vers 1600) par Chastillon. Vue in-fol. en larg.

584 **Aumont** (D') de Rochebaron, combattant à Royan et île de Rhé. 1652, par Daret. Portr. in-4.

585 **L'Impérial,** croiseur français devant l'île de Ré en 1815, essayant de sauver Napoléon. Gravé par Sauvage, publié par Giraudeau, de la Charente-Inf⁰. Estampe in-4.

586 **Bourbon** (L. de), lieutenant général du Roy au siège de La Rochelle... par Daret. Portr. in-4.

587 **Arc-de-triomphe de Saintes.** — Dufaure, Echassériaux, députés en 1848. — Maison Henri II à La Rochelle. Lot de 10 p.

588 **Brémond d'Ars,** député de Saintes en 1789, par Quenedey. Portr. in-12.

589 **Château de Dompierre** sur la rivière de Boutonne, en Saintonge, gravé vers 1600, par Chastillon. D. in-fol. en larg.

590 **Siège de Saint-Jean-d'Angély,** 1569. Est. du temps. In-4.

591 **Épernon** (Le duc d'), blessé à Saint-Jean-d'Angély en 1621, par Montcornet. Portr. in-4.

592 **Donay,** chasteau de Sainctonge (vers 1600), par Chastillon. Vue in-4.

BOURGOGNE ET FRANCHE-COMTÉ

(Ain, Côte-d'Or, Saône-et-Loir, Yonne, Doubs
Jura, Haute-Saône, Vosges)

593 **Bourgogne**, Bresse, Dombes, etc. (1660), par Mérian.
Suite de 22 vues in-4.

594 **Portraits** de Goujon, Maissiat, Robin, Bochart,
Réjembal, Rodet, Sœur Rosalie, Botex, Vianay.
Cartes, vues, etc. Lot de 20 p.

595 **Mayet**, député, puis curé de Trévoux, par Lambert.
Portr. in-4, manière noire.

596 **Duplantier** (Valentin), député au 500, par Quenedey. Portr. in-12.

597 **Girod**, de Gex, député de l'Ain. Portr. in-18.
Réjembal. Portr. in-4, etc. 5 pl.

598 **Bacon** Tacen, d'Oyonnax, faux monnayeur, agent
du Directoire. Portr. in-4.

599 **Mandrillon**, de Bourg, guillotiné en 1794. Portr.
in-12.

600 **Jolyot de Crébillon**, de l'Académie française.
1746, par Babechou, d'ap. Aved. Très beau portr.
gr. in-fol.

601 **Languet** (Hubert), de Villeteaux. Portr. in-4.

602 **Odebert**, conseiller au Parlement de Bourg.
Portrait par Lombart, 1667, édité par Paillot.
In-fol.

603 **Renaut**. Sigaud, de Dijon, médecin, par Letellier.
Portr. in-4.

604 **Saumaise** (Cl.), conseiller au Parlement de Bourgogne, par Suyderhoëff. Beau portr. gr. in-fol.

605 **Eglise** Saint-Michel. — Fontaine de Saint-Bernard. — Palais de Dijon, par Israël Silvestre. 4 pl. in-8.

606 **Fête des Fous à Dijon**. Emblêmes divers. — Cuvier, Raudot, Caumartin, Chauvelin, Vaulabelle, députés. — Cartes. — Bussy-Rabutin. — Château. — Costumes, etc. Lot de 36 pl.

607 **Buffon**, par Ponce, d'après Marillier. Belle est. in-fol.

608 **Groupe** placé dans le temple de la Félicité, érigé à Dijon, par Le Jolivet, à l'occasion de la naissance du duc d'Enghien, 1772. Est. bistre. In-fol.

609 **Du Laurens** (P.), prieur-majeur de Cluny, évêque de Bellay, par Vallet. Beau portr. in-fol.

610 **Papillon** (P.), chanoine de Dijon, 1738, par Petit. Portr. in-fol.

611 **Bourlier** (J.-R.), dijonnais, par Chrétien. Portr. in-12.

612 **Fevret de Saint-Memy**, par Auroux. Portrait in-fol.

613 **Richard de Ruffey**, dijonnais, par Quenedey. Portr. in-12.

614 **Crébillon, Piron**, par Ponce, d'après Marillier. Belle est. in-fol.

615 **De Vert** (Cl.), trésorier de Cluny, 1708, par Delaulne. Portr. in-8.

616 **Tabourot**, sieur des Accords. Bois gravé, 1584. In-12.

617 **Bossuet**, gravé en 1773, par Savart. Beau portr. in-8.

618 **Taisand**, jurisconsulte, par Vallet. Portrait emblématique. In-fol.

619 **Amanton**, maire d'Auxonne, par Quenedey. Portr. in-8.

620 **Pontus de Thiard**, Rolland, Samier, Lamartine, députés en 1848. — Cartes. — Hôpital de Cuisery. Azay-le-Rideau. — La Fosse. — Costumes, etc. Lot de 40 pl.

621 **Côte de la Laive**, paysage. Gravé par Née. Est. in-fol. en larg., en couleurs.

622 **Gouttes**, évêque constitutionnel de Saône-et-Loire, décapité en l'an II, par Bonneville. Portr. in-4.

623 **Baronnie de Senescey**. Vue en 1573. In-fol.

624 **Bouvot** (Jac.), avocat de Châlon-sur-Saône, 1636, par Spirinx. Portr. in-4.

625 **Attichy** (D'), évêque d'Autun, par R. Lochon. Beau portr., in-fol.

626 **Massacre des Protestants** à Sens, 1562. Estampe allemande du temps. In-fol.

627 **Burlugay**, chanoine de Sens, 1702, par Hubert. Portr. in-fol.

628 **Veue** de Saint-Estienne de Sens, par Israël Silvestre. In-8 en long.

629 **Éon de Beaumont** (Ch.), de Tonnerre, chez Esnault. Portr. in-4.

630 **Amyot**, évêque d'Auxerre, portrait-médaillon avec emblèmes, par Ponce, d'après Marillier. Belle estampe in-fol.

631 **De Pontes**, sous-préfet de Joigny. — Tanlay. — Vues de Provins. — Office noté de la Fête des Fous. — Cartes. — Renaud, comte de Tonnerre, etc. Lot de 20 pl.

632 **Tarbé des Sablons**, senonais, défenseur de Bailly,
par Quenedey. Portr. in-12.

633 **Courvoisier**, Prudhon, Clément, Hochistul, députés du Doubs. — Vue de Saint-Laurent de La
Roche. — Plan de Besançon, etc. Lot de 16 pl.

634 **Martin**, député de Besançon, 1789. Portr. in-4,
man. noire.

635 **Veue de Besançon**, dessinée de la Croix d'A-
rènes, par Dubercelle. Grande vue panoramique,
d. in-fol. en larg.

636 **Briot**, député à la Convention, par Chrétien. Portrait in-12.

637 **Lapoule**, député de Besançon. Portr. in-4, manière
noire.

638 **Courtois** (L'abbé), de Lyon, évêque de Saint-Malo,
puis archevêque de Besançon, par Chrétien. Portr.
in-12.

639 **Clerget**, curé d'Ornans, 1789. Portrait in-4, manière noire.

640 **Ferrand**, ami du général Malet, par Quenedey,
Portr. in-12.

641 **Geoffroy**, député aux Cinq-Cents, par Quenedey.
Portr. in-12.

642 **Bidault de Poligny**, député en 1789, par Coqueret. Portrait in-4, manière noire.

643 **Dortan**, Châteaurenault, Durget, Bureau, Lompré,
Burnequez, Pernel, Vernier, etc,, députés en 1789,
par Michon, Le Tellier, Courbe. 12 portr. in-4.

644 **Demeunier**, de Nozeroy, 1789, par Coqueret. Portrait in-4, manière noire.

645 **Pichegru** (Statue de). Grénot, Durget, Lompré,
Châteaurenault, Lapoule, Vernier, députés en 1789.
8 pl.

646 **Regnauld d'Epercy** , député de Dôle, par Caré. Portr. in-4, manière noire.

647 **Bouvier** (Baron), né à Dôle, par Quenedey. Portr. in=12.

648 **Vernier**, député à la Convention, par Delaplace. Portr. in-4, manière noire.

649 **Longpré**, curé de Dôle, par Lambert. Portr. in-4, manière noire.

650 **Grenot,** député de Dôle en 1789, par Delaplace. Portr. in-4, manière noire.

651 **Lompré**, Pernel, Vernier, Dortan, Durget, Bureau, Châteaurenault, députés franc-comtois en 1789, par divers. 12 portr. in-4.

652 **Christin**, premier défenseur de la liberté du Mont-Jura, 1789. Portr. avant la lettre. In-4.

653 **D'Esclans,** député 1789, maire de Saint-Loup, par Allais. Portr. in-4, manière noire.

654 **Auchard** (Mme), nourrice du roi de Rome, Portrait in-4.

655 **Buffet**, Douel, Turck, Falatieu, députés des Vosges, Cartes et Vues diverses. Lot de 16 pl.

DAUPHINÉ, LYONNAIS, SAVOIE

(Isère, Drôme, Hautes-Alpes, Loire, Rhône Savoie)

656 **Environs** de Grenoble. — Sassenage. — Chartreux. Ruines de Dieu-le-Fit. — Monnaies de St-Maurice. — Cartes. — Mably. — Château de Conflans, etc. Lot de 30 p.

657 **Condillac**, par Alix. Beau portr. in-fol. en couleurs.

658 **De Virieux**, Saint-Amct. — Plan de Montélimart.
— Vue de Valence. — Cartes. — Costumes. Lot de
14 p.

659 **Site** d'Allevard, 1782, de Bullin. Est. double in-fol.—
Maison natale d'A. François, à Beaurepaire.—Vues
de Saint-Hugon. — Bozonnier de Grenoble, Digon-
net de Crest. Lot de 5 p.

660 **Mably**, gravé en 1792, par Alix. Beau portr. in-fol.,
en couleurs.

661 **Perspective** du pont de Grenoble et d'une partie
de la maison du duc de Lesdiguières, par Israël
Silvestre. 2 pl. in-8 en larg.

662 **Garnier Pagès**, A et C. Périer.— Pont et porte
de Grenoble, par Silvestre, etc. Lot de 7 p.

663 **Château de Triols**, près Romans, par Langlois.
Est. in-fol.

664 **Le Vachet**, prêtre de Romans en Dauphiné, par
Trouvain. Portr. in-8.

665 **Bayard** et sujets emblématiques, par Ponce, d'ap.
Marillier. Belle est. in-fol.

666 **Barnave**, De Lacourt d'Ambésieux, Maréchal de
Langon, Delley, d'Agier, maire de Romans, 1789,
par Courbe. Portr. in-4.

667 **Basset**, avoc. consistorial au Parlement de Grenoble,
par Gilibert. Portr. in-fol.

668 **Veues** et **perspectives** de la porte de France à
Grenoble et de la ville, par Silvestre. 2 pl. in-4 en
larg.

669 **Plan** d'Embrun et d'Exilles. — Portr. de Fantin
Desodoarts, Sibour. — Cristaux des Alpes dauphi-
noises, etc. Lot de 15 pl.

670 **Vue** en entrant de la ville de Grenoble. Palais de
la connestable de Lesdiguières, par Israël Silvestre.
2 pl. in-12 en larg.

671 **Tholosany** (Ant. de), abbé de St-Antoine de Vien-
nois, mort en 1615. Portr. gr. en 1645. In-4.

672 **Bertrand de Montfort**, député du Dauphiné, par
Courbe. Portr. in-4.

673 **Vues** et **plans** des villes du Dauphiné (1660), par
Mérian. 8 pl. in-4.

674 **Lally** (Cte de). Portr. in-12.
On lit au bas :
« Rare, la planche ayant été détruite. »

675 **Romans** Delphinatus (xvie siècle), plan à vol d'oiseau, en haut. in-fol.

676 **Lacoste** (de Romans), maréchal de camp, par
Quenedey. Portr. in-12.

677 **Pie**, de Livron, distr. de Valence, grenadier, blessé
le 30 avril 1792, gr. à Valenciennes, par Monral.
In-4.

678 **Mandagout** (De), archevêque d'Embrun. D. un
carré in-4.

679 **Morand**, architecte, né à Briançon, fusillé à Lyon
le 24 janvier 1794, par Quenedey, portr. in-8.

680 **Costumes** du Forézien et du Bressan. — Callet,
député en 1848. — Roanne (xviie siècle), Duguet,
Ravez, etc. Lot de 20 portr.

681 **Prise de Montbrison**, 1562. Est. du temps. In-4.

682 **Du Verdier**, de Montbrison, bibliophile. Joli bois gravé in-4.

683 **Papire Masson**, forézien, gravé en 1612, por L. Gaultier. Portr. in-4.

683 *bis*. **Anisson d'Autroche**, échevin de Lyon en 1671, par Lauvers. Portr. in-fol.

684 **Portraits** de Jacquart, Clavier. — Monuments de Lyon, par Mérian. — Caricatures lyonnaises. — Fourvières. — Cartes. — Environs de Lyon, etc. Lot d'environ 100 p.

685 **Plan** de la partie de Lyon occupée par les insurgés en avril 1834. — Cartes, vues, caricatures lyonnaises, etc. Lot d'environ 100 p.

686 **Couderc**, député en 1789, par Chrétien. Port. in-12.

687 **Plan de Lyon** (1600), à vol d'oiseau. D. in-fol.

688 **Dolet** (Et.), imprimeur lyonnais, brûlé vif à Paris. Bois in-8.

689 **Loges des changes à Lyon**, 1749, par Daumont. Est. in-fol. col.

690 **Bourgelat** (C.), lyonnais, fondateur de l'école vétérinaire d'Alfort, par Letellier. Joli portr. in-4.

691 **Morin**, médecin (de Villefranche), gravé en 1648, *Mariette*, ex. Portr. in 4.

692 **Dessein** de la maison de ville de Lyon. 1647. Inventé par Maupin. Est. gr. in-fol.

693 **Prost de Boyer**, échevin de Lyon, 1784, par Boily. Portr. gr. in-fol.

694 **Portraits** de Lagrange. — P. Dupont. — Favre. — Couderc. — Benoit, Doutre, Lemot, De Gérando. Rondelet, Bonald, Récamier, De Corcelles, Maupetit, Bazin, Simon, Greppo, etc. Lot de 20 portr.

695 **Clavier**, conseiller au Châtelet, historien, par Quenedey. Portr. in-12.

696 **Le Brun** (Cl.), avocat du Beaujolais, 1617, par De Courbes. Portr. in-4.

697 **Vues des villes principales du Lyonnais**, Forez, Beaujolais, etc., par Mérian (1660). Suite de 20 vues in-fol.

698 **Faure** (Fr.), évêque de Glandèves. Portr. in-4.

699 **Portraits** de Bertholet, Masséna, par Duplessis-Bertaux. — François de Sales. — Vues. plans et cartes. Lot de 30 p.

700 **Antoine de Savoye**, abbé de Haute-Combe, par Boulanger. Beau portr. in-fol.

LANGUEDOC

(Ardèche, Aude, Gard, Haute-Garonne Hérault, Lorèze, Tarn)

701 **Église** de la Louvere. — Carte de l'Ardèche en 1790. — Viviers. — Boissy-d'Anglas. — Prise de Privas (plan) par Louis XIII. — Privas (vue du XVIIe siècle). — Defournelle, médecin, âgé de 119 ans. — Châteaux de Tournon et Crussol. — Portrait de Malleval d'Annonay, etc. Lot de 20 p.

702 **Cathédrale** de Viviers. — Rochemoure. — Crussol. — Gruas. — Aubenas, par Rouargue et divers. 16 lith. in-4.

703 **Fouquet** (F.), évêque de Bayonne, d'Agde, archevêque de Narbonne, 1673; par Huret. Beau portr. gr. in-fol., avant la lettre.

704 **Guillermy**, député de Castelnaudary en 1789, par
Quenedey. Portr. in-12.

705 **Profil** de la foire de Beaucaire, par Jollain. Estampe
in-fol. en larg.

706 **Astruc**, médecin (de Sauves), par Gautier d'Agoty.
Beau portr. in-4. man. noire.

707 **Abbaye Saint-André dé Villeneuve d'Avignon.** — Pont Saint-Esprit. — Médaille de Nismes,
etc. 7 pl.

708 **Marguerittes**, maire de Nismes, député aux États-
Généraux en 1789. Portr. in-12.

709 **Massacre** fait à Nismes le 1er octobre 1567 (contre-
ép. de la pl. de Tortorel). Pl. in-fol. en larg.

710 **Nismes.** Vues de la Maison carrée. — Pont du Gard.
— Musée. — Arènes, etc. — Portraits de Guizot et
de Mme Guizot, etc. Lot de 20 pl. lith.

711 **Salle de spectacle de Nismes**, gravée par
Mlle Janinet. Estampe en couleur. In-fol.

712 **Massacre** à Nismes 1567. Estampe allem. contemporaine. In-4.

713 **Vue de Nismes** du côté de la tour Magne, publiée
à Londres en 1752, par Rocque. In-fol. en larg.

714 **Surprise** de Nismes en 1569. Estampe du temps.
In-4.

715 **Nemausus Civitas** (XVIe siècle), par Hogenberg.
Plan à vol d'oiseau. In-4.

716 **Doujat**, doyen de l'Académie française, par Cossin.
Beau portr. in-fol.

717 **Livre des Capitouls** (Quatre feuillets du), de
Chalette, Troyen. 4 lith. in-fol. sur chine.

718 **Verdun** (De), président au parlement de Tholose. Beau portr. in-4.

719 **Vues** et **plans** des villes principales du Languedoc (1660), par Mérian. Suite de 22 vues, in-4.

720 **Sermet**, évêque constitutionnel de Toulouse en 1791, par Chrétien. Port. in-18.

721 **Carte** du canal royal du Languedoc, gravée en 1697, par Nolin, avec 80 blasons des nobles de la province. Grande p. d. in-fol. plans.

722 **Lartigue**, par Masquelier; Latour, par Courbe, députés en 1789, etc. 4 pl. in-4.

723 **Assemblée** des États du Languedoc, par Mondhars. Vue du xviiie siècle. In-fol. en couleur.

724 **Beloy** (P.), avocat au Parlement de Toulouse (1582). Portr. in-4.

725 **Plan de la ville de Toulouse** (à vol d'oiseau), au xviie siècle. Double in-fol.

726 **De Ville**, ingénieur toulousain, par Gentil. Portr. in-4.

727 **Doujat** (J.), jurisconsulte de Toulouse, par Hubert. Portr. in-4 av. la lettre du socle.

728 **Métropolitaine** Ville de Toulouse, siège du Parlement de Languedoc, 1645, par Boisseau. Gr. vue d. in-fol. en larg. Belle p.

729 **Dufos** tholozain, escuyer, sieur de Méry. Portr. avec blasons, gravé le premier jour de l'an 1646, à Orléans. In-fol. en larg.

730 **Riquet**, fondateur du canal du Languedoc (gr. par Lombart en 1672). Beau portr. gr. in-fol.

731 **Marguerite** de Jésus, professe de Toulouse, 1657, par Bonnart. Portr. in-4.

732 **Senac** (J.), médecin de Toulouse. Portr. médaillon in-4, av. la lettre.

733 **Dustou Saint-Michel**, député, par Lambert. Portr. in-4, man. noire.

734 **Cornus**, curé de Muret, député en 1789, par Allais. Portr. in-4, man. noire.

735 **Latour**, médecin d'Aspet, 1789. Portr. in-4, man. noire.

736 **Roger**, juge royal à Simorre, par Allais. Portr in-4, man. noire.

737 **Chalvet** (Math. de) du Parlement de Toulouse, par L. Gaultier. Portr. in-fol.

738 **Perès de Lagesse**, député à la Convention, par Allais. Portr. in-4, man. noire.

739 **Musée de Toulouse.** — Capitole. — Antiquités diverses. — Vues de Saint-Saturnin. — Entrée de Louis XIII. Environs de Toulouse, etc. Lot de 40 lith. de Fragonard, Dauzats, Weber, etc. In-fol.

740 **Monssinat**, député de Toulouse. Portr. in-4, man. noire.

741 **Plan** de la ville et citadelle de Montpellier, par Chalmandrier. In-4 en larg.

742 **Moline** (P. L.), par Linge, d'ap. Cochin. Portr. in-4.

743 **Delacroix**, administrateur du district de Montpellier, délégué à la Fédération, 1790. Portr. in-12.

744 **Mérigeaux**, Rey, Martin, De Gleises, députés en 1789, par Courbe et divers. 4 portr. in-4.

745 **Rondelet**, médecin de Montpellier, 1558. Portr. in-4.

746 **Est** (Renaud d'), évèque de Montpellier, gravé en 1662 par Van Schuppen. Beau portr. in-fol.

747 **Riverius** (L.), médecin de Montpellier. Port. in-4.

748 **Vues** de Montpellier. — Colbert de Croissy, évêque. — Port de Cette. — De Montcalm et Carion, députés. Costumes, etc. — 12 pl. gr. et lith.

749 **Charrier de Nasbinal**, député en 1789, fusillé à Rodez en 1794, par Allais. Portr. in-4, man. noire.

750 **Projet** de monument à la gloire de Louis XVI, par de Lubersac, prieur de Brives. Eau-forte de Mesquelier, in-fol. en haut.

751 **L'Herminier**, né au Perche en 1705, curé de Saint Chely, par Chenu. Portr. in-4.

752 **Jouy**, député de l'Aude en 1848. — Carcassonne. — Église, musée, portes anciennes de Narbonne, par Dauzats, etc. Lot de 10 pl. in-fol.

753 **Quiqueran**, évêque de Castres, 1719. Portr. in-4.

754 **Carte de l'evêché d'Alby**, par Walck, xviie siècle. In-fol. pl.

755 **Fos**, citoyen de Gaillac, 1789, par Sandoz. Portr. in-4, man. noire.

756 **Alby**. — Vue générale. — Jubé, chœur, etc., de l'église Sainte-Cécile, par Dauzats. 12 lith. in-fol.

757 **Coste**, payeur général du Tarn, par Quenedey. Portr. in-12.

GUYENNE ET GASCOGNE

(Aveyron, Dordogne, Gers, Gironde, Landes, Lot
Lot-et-Garonne, Tarn-et-Garonne)

758 **Abelly**, évêque de Rodez, par Marson. Beau portr. in-fol.

759 **Portrait** de Manhiaval, député du Rouergue en
1789. — Vues diverses de Rodez, par Chapuy et
Villeneuve. Lot de 9 pièces.

760 **Vues** anciennes et modernes de Sarlat. — Cartes.
— Portraits de Lamarque, Mie, Lacrousilles, Delbet,
Taillefer, Durozier, Magne, etc. Lot de 20 p.

61 **Lidonne**, de Périgueux, chef de division au minis-
tère, par Quenedey. Portr. in-12.

762 **Maine de Biran** (de Bergerac), par Quenedey.
Portr. in-12.

763 **Senac** (J.-B.), médecin du roi. Beau portr. allégorique, in-4.

764 **Portraits** de Ch. de Laborde, curé de Cornillon et
de Sentez, députés en 1789. — Costumes et paysages
du Gers. Lot de 15 p.

765 **Vue** et **perspective** du théâtre de Bordeaux, cons-
truit sur les dessins de Louis, par Lerouge. Estampe
gr. in-fol. en larg. à deux teintes.

766 **Montesquieu**, gravé sur la médaille de Dassier,
par Benoist. In-4. — Le même, par Muller. In-fol.

767 **Séguier** (intendant). Joli portr. médaillon, in-fol.

768 **Brevet** de la Loge de l'Amitié à l'Orient de Bordeaux, gravée en 1766 sur le dessin de Boucher, par
Choffard. P. double in-fol. Belle ép. d'une estampe
rare.

769 **Saige**, Dumas, Mestre, Touret, Lavenue, députés
en 1789, par Massard et divers. 5 portr. in-4.

770 **Amphithéâtre** de Bordeaux (xviiie siècle). — Église
Saint-André. — Port de Bordeaux. — Antiquités
diverses. — Blaye. — Costumes de grisettes dessinés
par M. De Galard, etc. Lot de 18 pl.

771 **De Canteloup**, De Chéverus, archevêques de Bordeaux. Hovyn, Ducos, Feuillade, Grouchy, députés en 1848, etc. 9 portr. in-4.

772 **Joyeuse** (Anne de), tué à Coutras, par Chenu. Portr. in-8.

773 **De Lure**, député de Bordeaux (1789), par Duchemin. Portr. in-4, man. noire.

774 **Montbrun**, colonel des volontaires de la Gironde en 1792 (par Quenedey). Portr. in-12.

775 **Lambert**, conseiller au Parlement, 1761, par Delafosse, d'ap. Carmontelle. Port. in-fol.

776 **Duplantier**, député de Bordeaux, à la Convention; par Quenedey. Port. in-12.

777 **Tour et paysage de Cordouan** au golfe de Gascogne, dédié à M. Boucher, intendant de Bordeaux, par Selis. Avec 15 pavillons. Grande vue en haut, belle pièce.

778 **Gaschet**, député de Bordeaux, 1789. Port. in-4, man. noire.

779 **Abbaye** (Vues des) Saint-Jean de Sordes et Saint-Séver. — De Flory, avocat. — Larreyre, conseiller du Roy. — Paysanne du Bicarrosse, etc. Lot de 8 pl.

780 **Lartigue**, médecin, né à Dax, médecin à Bordeaux, par Quenedey. Portr. in-12.

781 **Dufau**, Moriet, députés en 1789, par Courbe. — De Dampierre, député en 1848. 3 portr. in-4.

782 **Vincent de Paul**, par Ponce, d'ap. Marillier. Beau portr. in-fol.

783 **Caors** (Plan de). Description du pays de Qvercy, dessiné par J. de Tarde, chanoine de Sarlat vers 1620. Placard gravé d. in-fol.

784 **Portraits** de Labrousse et Murat, députés. — Chanoine de Cahors. — Vues diverses de Figeac. — Ruines du temple de Diane à Cahors, etc. Lot de 7 pl. in-fol. et in-4.

785 **Massacre** des protestants à Cahors, 1561, Estampe du temps, in-4.

786 **Poncet Delpech**. député du Quercy. Port. in-4, man. noire.

787 **Cahors** (Cathédrale de). — Châteaux d'Assier et de Montal. — Faydel de Cahors. député en 1789, par Courbe. Lot de 7 pl.

788 **Cossé** (A. de). grand sénéchal d'Agenais, par Montcornet. Portr. in-4.

789 **Peyruchaud**, Nau, députés en 1789. — De Luppé, Boissié, etc,, députés en 1848. — Lot de 8 pl.

790 **Evesché** d'Alby (Carte de l'). dédiée à Mgr Daillon. par Walk. Double in-fol. en larg.

791 **De Prades** (L'abbé) de Castel-Sarrazin, théologien célèbre, par Quenedey. Portr. in-12.

792 **Colbert** (J.-B.), évêque de Montauban. 1678; par Beaufrère. Rare, portr. grand in-fol.

793 **Montarieu**, baron. maire de Montauban en 1806; par Quenedey. Portr. in-12.

PROVENCE, ROUSSILLON, BÉARN

(Bouches-du-Rhône, Basses-Alpes, Var
Vaucluse, Corse, Ariége, Pyrénées)

794 **Marseille**. Veue présentée à MM. les échevins, par Randon. Gaande pl. en larg. (fatiguée et raccom.). — Massilia (vue du xviie siècle). — Tour de Bellegarde. — Plan et port de Marseille. — Tour Saint-Jean. — Portraits de Liégard, Peloux. députés en 1789, etc. Lot de 20 pl.

795 **Veue** de la Saincte-Baume, en Provence, par Is.
Silvestre. Pl. in-4 en larg.

796 **De Boniface** (Hyac.), jurisconsulte d'Aix, 1669 ; par
Noblin. Beau portr. in-fol. Rare.

797 **Terroir**, ville, port et rade de Marseille, par le chevalier de Soissons. Très-grande estampe en haut.

798 **La Fare** (De), maire d'Aix en 1789, par Quenedey.
Portr. in-12.

799 **Sauvaire,** Crillon, Forbin, De la Boulie. — Arc de
Saint-Remy. — Cathédrale d'Aix, L. De Pontis, provençal, etc. Lot de 20 pl.

800 **Pisani** (Ch. de), d'Aix, évêque de Vence ; par Quenedey. Portr. in-12.

801 **Durand de Maillane**, Royer, députés d'Arles, en
1789. — Tombeau de saint Abon. — Antiquités ro-
maines. — Cloître Saint-Trophime, etc. Lot de
25 pl.

802 **Roux** (Th.), député de Marseille: par Quenedey.
Port. in-12.

803 **Tournefort**, d'Aix, et Cassini, de Nice, par Ponce,
d'après Marillier. Belle estampe in-fol.

804 **Laurent** (Gas.), archevêque d'Arles, par Michel
Lasne. Portr. in-fol.

805 **Siège de Marseille** et portrait de Montmorency,
par Ponce, d'après Marillier. Belle estampe in-
fol.

806 **Gault** (J.), évêque de Marseille, secourant les galé-
riens, par Poilly. Est. in-4.

807 **Amphithéâtre d'Arles** comme il est à présent,
1686, par Peytret. Est. grand in-fol.

808 **Laigneau**, provençal, médecin, par Boulanger. Beau portr. in-4.

809 **Antiquités d'Arles**. — Fuite de Ledru-Rollin. — Maury. — Chais de Riez. — Ports provençaux. — Caricature sur Thiers, etc. Lot de 24 p.

810 **Boyer**, conseiller au Parlement de Provence, 1571; par Coclemans. Portr. in-fol.

811 **Boyer** (Vincent), sieur d'Aguilles, conseiller au Parlement de Provence, gravé en 1697, par Coclemans. Beau portr., gr. in-fol.

812 **Fauris de Saint-Vincent**, président du Parlement d'Aix, par Lantelme. Portr. in-fol.

813 **Audibert** (J.-A.), curé de Saint-Sauveur d'Aix (né en 1668). Portrait buste, in-8.

814 **Tour du port**. — Saint-Victor. — Porte royale de Marseille, par Silvestre. — 3 pl. in-8.

815 **Gault** (J.-B.), évêque de Marseille, par Mich. Lasne. Portr. in-fol.

816 **Thomassin** (L.), évêque de Sisteron, 1718, par Crespy. Portr. gr. in-fol.

817 **Rigouard**, évêque du Var, en 1791. par Coqueret. Portr. in-4, man. noire.

818 **Plans** d'Antibes et du siège de Toulon. 1712. 3 pl. in-fol.

819 **Castelanet**, Suchet, Marius André, Siméon, députés du Var. — Plan et vue de Toulon. Ollioules, Fréjus, etc. Dossier de 20 pl.

820 **Du Blanc** (Guil.), évêque de Toulon. Portr. in-8.

821 **Avenio**, vulgo, Avignon. Plan à vol d'oiseau (xviie siècle), publié par Mortier. D. in-fol.

822 **Simiane** (Jos. de), doyen de Saint-Agricol d'Avignon, évêque de Saint-Paul-trois-Châteaux, gravé en 1724, par Cœlemans. Grand in-fol. Rare.

823 **Mulot** (L'abbé), ami de Sylvain Maréchal, délégué national dans l'Avignonnais en 1791; par Chrétien. Portr. in-12.

824 **Avignon**. Vues des XVIe et XVIIIe siècles. — Fontaine de Vaucluse. — Orange. — Carpentras. — Pont d'Avignon. — Raspail. Ledru-Rollin. Regnaud, Lagardette, etc. Lot de 40 p.

825 **Vigier** (A.), compagnon du P. Du Bus, par Lauvers. Portr. in-fol.

826 **Vues** des villes de Provence (1660), par Mérian. 7 vues in-4.

827 **Vues** d'Ajaccio, Bastia, Corte, Calvi, etc. Carte par Jaillot et divers. — Portrait de Sébastiani. — Costumes, etc. Lot de 25 p.

828 **Emblème,** Scènes de la vie de Napoléon. — Épisodes variés. — Plan de la Corse, etc. Lot de 15 p.

829 **Saurine** (L'abbé), premier député du Béarn, par Massard. Portr. in-4.

830 **Bayle**, par Savart, in-8.

831 **Caulet**, évêque de Pamiers, mort en 1680. Portr. in-12.

832 **Pamiers** (Collégiale de). — Sceaux des comtes de Foix. — Julien, député en 1789. — Cardinal de Foix. — Joly, député en 1848. — Eglise de Mirepoix, etc. Lot de 12 pl.

833 **Abbayes** (Vues des) de Saint-Pé-la-Réole et S.-P. de Génerez. — Haraneder, député de Saint-Jean-de-Luz en 1789, par Massard. — Port de Saint-Jean, par Legoux. — Biarritz. — Les Eaux-Chaudes. — Bétharam, etc. Lot de 22 pl.

834 **Basquiat**, député de Dax et Bayonne, 1789. Par
Cernelle. Portr. in-4, manière noire.

835 **Pau**. Rue du Hédus. — Bernadotte. — Vues générales. — Place de La Fontaine, par Dandiran. —
Bilhères, par Houbigant. — Ecusson d'A. de Gram-
mont, gouverneur de Béarn, 1663, etc. Lot de 30 pl.

836 **Bayonne** (Grisette de). — L'abbé de Saint-Cyran.
— De Rességuier et Renaud, député. — Plans et
vues de Bayonne anciens et modernes. Lot de 16 pl.

837 **Duverger de Hauranne**, théol. de Bayonne, 1643,
par Boulanger. Portr. in-8.

838 **Bosquet**, maréchal de France, par H. Vernet. Lith.
gr. in-fol. avant la lettre.

839 **Henri IV**, portrait emblématique, par Ponce, d'ap.
Marillier. Bel estampe in-fol.

840 **Come** (Le frère), feuillant, lithotomiste, né dans le
diocèse de Tarbes ; par Godefroy d'ap. Motté. Portr.
in-4. Tr. belle épreuve avant et avec la lettre.

841 **Barère**, Soubiès, députés des Hautes Pyrénées. —
Vues de Cauterets, de Bagnères, des Eaux-Bonnes.
— Paysages pyrénéens. Lot de 45 lith. in-4.

842 **Perpignan** (Plan du siège de) par le maréchal de
Schomberg. — Vues de l'Université et diverses. —
Vues et plans des 17e et 18e siècles. Lot de 12 pl.

843 **Elne**, vues diverses. — Rivesalte. — Collioure. —
Salces. — Costumes roussillonnais. Port-Vendres.
Lot de 30 pl.

844 **Perpignan**. Bastion de Charles-Quint. — Église,
vues diverses. — Maisons des rois de Minorque et
de Philippe le Hardi. — Vues d'Elne. — Paysages
pyrénéens, etc., par Dauzats. Lot de 40 lith. in-fol.

845 **Terrats**, Graffan de Thuir, députés en 1789. — Et. Arago. — 3 port. in-4.

846 **Plan** (manuscrit) de Perpignan, capitale du Roussillon, au roy depuis 1642. Grand double in-fol. colorié.

———

VERMANDOIS

(Oise-Aisne)

847 **Ville de Beauvais** (1600), par Chastillon. Vue in-4.

848 **Bailleux** (Elisabeth), de Beauvais. 1764. Portr. in-4.

849 **Entrée de Beauvais** du côté de Paris ; par Oudry. Estampe gr. in-fol. en larg.

850 **Foy** Vaillant, antiquaire, de Beauvais, gravé en 1668 ; par Habert. Portr. in-fol.

851 **Chasseur senlisien.** — Vues diverses de Noyon et Compiègne. — Portrait de Baillet. — Pierrefonds. — Beauvais, vues diverses. — Ourscamps. — Carte. — Abbaye de Breteuil, château de Mello, etc. Lot de 55 pl.

852 **Rousseau** (J.-J.), mort à Ermenonville, par Ponce, d'ap. Marillier. Portr. in-fol.

853 **Louvet** (P.), médecin de Beauvais, gr. en 1673. Portr. in-8.

854 **Compiègne**, Ourscamps, Saint-Hubert, Tracy, Bitry, Resson, Attichy, etc. Série de 25 lith. publiées par le baron Taylor. Epreuves d'artistes, avant le texte et chine. In-fol.

855 **Compiègne**, par Mérian. — Pierrefonds. — Portrait de Flye et divers. — Mello. — Eglise de Senlis, etc. Lot de 24 pl. gravées et lithogr. sur chine.

856 **Senlis**, vues de Notre-Dame, par Dauzats et divers. — Ancienne prison. — Châteaux de Mello et de Chantilly. — Vues de Creil, de Crespy, de Morienval, etc. Lot de 40 lith. avant le texte et sur chine, in-fol. Epreuves d'artistes.

857 **Marie-de-l'Incarnation**, morte en 1618, par Lenfant, Messager, Moncornet. Portrait espagnol gravé en 1792. 5 portr. in-4.

858 **Beauvais**. Vue générale ; détails intérieurs et extérieurs de l'église : Jeanne Hachette ; Portes anciennes : vieilles maisons ; d'après Cicéri, Chapuy, Viollet-le-Duc. — Vues diverses de Saint-Germer, Marseille, Sarcus, etc. Lot de 55 lith. in-fol. avant le texte et sur chine. Epreuves d'artistes.

859 **Noyon**, par Mérian. — Vues de l'église de Beauvais extérieur et intérieur. — Portraits de députés. — Beauvais (en 1630) par Mérian, etc. Lot de 24 pl. gravées et lith. sur chine.

860 **Senlis**. Vue du 18e siècle. In-fol. en larg.

861 **Clermont-sur-Oise**. Vues de l'église et vues générales. — Bury. — Breteuil, etc., par Manthelier. Lot de 20 lith. in-fol. avant le texte et sur chine. Ép. d'artistes.

862 **Noyon**. Vues de l'Hôtel de ville, fortifications, église, etc., par Villemin et Ciceri. — Salency et la Rosière. — Gravilliers, etc. Lot de 20 lith. in-fol. avant le texte et sur chine.

863 **Plans** des brousses et des bois de Sapponay, exécutés vers 1750. 2 pièces sur vélin, gr. in-fol.

864 **Racine** couronné par la Comédie, par Prudhon.
In-4.

865 **Plan** (à vol d'oiseau) de la célèbre abbaye de Saint-
Jean-des-Vignes. Barbaran del. et sc. 1673. Gr. in-
fol. en larg.

866 **Bignon** (P.), abbé de Saint-Quentin. Beau portr.
in-fol.

· 867 **Pays, Chasteau** et **Parc de Merlieu** (Aisne),
dessiné par A. Debure en 1807. Dess. d. in-fol. en
larg.

868 **Bourlon** (Ch. de), parisien, évêque de Soissons,
par Larmessin. Beau portr. in-fol.

869 **Environs** de Villers-Cotterets, par Chenu et Le
Tellier. Estampe in-4. — Villers-Costret, par Ciartres
In-4.

870 **Buridan** (de Guise), éditeur du Coutumier général
du Vermandois, par Regnesson. Beau portr. in-fol.

871 **Siège de Saint-Quintin.** 27 juillet 1557. Estampe
allemande du temps. In-fol. en larg.

872 **La Fontaine,** par Ponce, d'après Marillier. Beau
portr. in-fol.

873 **Sanquintinum.** Vue du 17e siècle avant armoiries
et légende d. le ciel (A. P.). In-fol. en larg.

874 **Carte** topographique du canal de Picardie (de
Saint-Quentin au Catelet), par Chalmandrier, 1781.
Grande pièce av. attributs. D. in-fol. plan.

875 **Thèse** de droit de J. Guéroult passé dans le couvent des Minimes de Soissons en août 1715, par
Poilly. Grande pièce gravée en haut.

876 **Clément** (Ch.), né à Bruyères, par Gaspar Isac.
Très-rare portr. in-4.

877 **Pomponne de Bellièvre**, abbé de Saint-Maixant
(Poitou) et de Saint-Médard de Soissons ; gravé par
Petit d'après Vanloo. Gr. in-fol.

878 **Evangéliaire** de Saint-Médard, Saint-Pierre et
Saint-Jean-des-Vignes. — Mgr Dours. — Carte de la
généralité de Soissons, par Defer. 5 pl.

879 **Carte** du gouvernement de La Capelle et du Vermandois. — Chasteau de la ville de La Fère (1600)
par Chastillon. — Pavillon de Folambray, par Du
Cerceau, plan et vue, etc. Dossier de 8 pl.

880 **Lasne**. — Bourlon, évêque de Soissons, 1656. Beau
portr. in-fol.

881 **Carte** du Vermandois au 17e siècle. — Plan de
Guise. — Marle. — Eglise Saint-Julien, par Deroy.
— Plan de Ribemont. — Armes de Vervins. — Va-
riétés sur l'Aisne et la Somme, etc. 75 pl. gravées et
lith.

882 **Marolles**, député, évêque constitutionnel de l'Aisne.
Portr. in-4. Manière noire.

883 **Ville de Lan** (1600), par Chastillon. — Laon, vers
1770. Vue gr. in-fol. avant la lettre. — Anyzy, baronie au pais de Laonnois (1600), par Chastillon.
3 pl.

884 **Martyre de saint-Quentin**. — Noms des ma-
yeurs depuis 1557. — Vues et plans de l'église. —
Saint-Quentin, par Mérian, etc. Dossier de 50 pièces
gravées et lith.

885 **Laon**. Porte d'Andon, par Sagot. — Vues diverses
de la cathédrale et de Saint-Martin. — Portrait de
Serrurier. — N.-D. de Liesse. — Cartes. — Vauclair.
— Presles. — Nouvion. — La Fère-Coucy, etc. Important dossier de 40 pl. gravées et lith. in-fol.,
avant la lettre ou sur chine.

886 **Grandin** (Mart.), théologien de Saint-Quentin. 1710, par Duflos. Portr. in-4.

887 **Soissons.** — Vues des églises et de la prison des rois de Soissons, par Dauzat et diverse. — Braine. — Saint-Jean-des-Vignes, etc. Dossier de 24 pl. grav. et lith. sur chine.

888 **Laon.** Vues diverses du 17e siècle. — Monuments, Pierres tombales. — Portraits, plans relatifs à Laon, Corbeny, Liesse, etc. Série de 18 pièces gravées et lith.

889 **Saint-Quentin.** — Hôtel de Ville; vues diverses de l'église et détails. — Vitrail ancien. — Cartes et plans. — Prison du 16e siècle, etc. Dossier de 20 pl. gravées ou lith. in-fol. sur chine.

890 **Martyre de saint-Quentin.** — Vue de l'église collégiale : titre gravé par J. Boulanger en 1642. 2 pl. in-4.

891 **Saint-Quentin** au 18e siècle, par Bonnart. In-fol. col. — Portes et remparts, par Née. — Plan manuscrit, colorié, de l'ancien cloître de Saint-Quentin. 5 pl. in-fol.

892 **Racine**, par Ponce d'après Marillier. Beau portr. emblématique. In-fol.

893 **La Ferté-Milon.** — Gouvernement de Chateau-Thierry. — La Fontaine. — Racine. — Vues de Bruyères. — Fortifications de Vervins et planches diverses relatives au départements de l'Aisne. Lot de 25 pl. gravées et lith. in-fol.

894 **Portraits** de Debrotonne, député, et divers. — Abbaye de Longpont. — Église de Laon, détails. — Villers-Cotterets. — Prieuré de Saint-Nicolas. — Château du Plessis, d'Erival, etc., par Petit. — Hôtel de ville de Saint-Quentin. — Marchais, etc. Dossier de 30 pl. gravées et lith. sur chine.

895 **Gobinet** (Ch.), de Soissons. — Martyre de saint-
Crépin. — Marie du Fayel. — Église de Tracy. —
Du Plaquet, De Miremont, Des Essarts, député en
1789. — Babeuf, etc. Lot de 12 p.

DEUXIÈME PARTIE

PORTRAITS

896 **Allegrain**, sculpteur, par Klauber, 1776. In-fol.
2 ép.

897 **Anne-Julie** (Sœur), archiduchesse d'Autriche, par
Kilian. In-4.

898 **Baronius**, cardinal, par L. Gaultier. In-fol.

899 **Breughel** (J.). Eau-forte de Van Dyck. In-4.

900 **Boileau**, par Walker. In-4.

901 — Par Desrochers. In-4.

902 — Par Soliman. In-4. Ép. avant lettre.

903 — In-4. Avant la lettre, sur chine.

904 **Bossuet**, par Delvaux, De Longueil, etc. 12 p.
in-12.

905 — Par Saint-Aubin. In-4.

906 **Brizard**, acteur, par Avril. Gr. in-fol.

907 **Cagliostro** et M° de Latour, par Chapuy. 2 p. in-4,
man. noire.

908 **Camoens**. Beau portrait emblématique, avant la
lettre. In-fol.

909 **Champaigne** (Ph. de), par Lefebvre. In-4. 2 états.

910 **Charles V**, par Marcenay, 1767. In-8.

911 **Charles X**, par Garnier. In-fol.

912 **Charlotte de Nassau**, par Goltzius. In-fol.

913 **Christian**, duc de Brunswick, par De Voerst, d'après Van Dyck. In-4.

914 **Apothéose** de l'empereur Claude. In-fol.

915 **Clément IX**, par Vallet. Buste demi-nature, gr. in-fol.

916 **Corneille** (Th.), par Saint-Aubin. In-8.

917 **Corneille** (P.), par Saint-Aubin, d'après Caffieri. 2 p. in-8.

918 — Par Dreyer. Beau portr. in-8.

919 **Crébillon**, par Ficquet. In-4.

920 **Corneille** (P.), par Ficquet. In-4.

921 **Crébillon**, par Duhamel. In-4. — Le même, par Walker. In-4.

922 **De Cotte** (R.), surintendant des bâtiments, par Drevet. Second tirage. In-fol.

923 **Descartes**, par Ficquet. In-8.

924 **Diderot** et **d'Alembert**, par Cathelin, d'ap. Cochin. 2 p. in-4.

925 **Duguesclin**. Lith. Sarrazin. In-fol.

926 **Élisabeth** (Mme), — Catherine II. — Blanche de Castille. — Henriette de France. — Catherine de Portugal. — Éléonore d'Autriche. — Jeanne Grey, par Janet-Lange. 7 p. en couleurs. In-fol.

927 **Érasme**. Eau-forte de Vandick. In-4.

928 **Fléchier**, par Lingée. In-8.

929 **François de Sales**, par Sisco. In-4. sur Chine.

930 **Glarges** (G. de), de Leyde, par Suyderhouf. In-fol.

931 **Guillaume Tell**, par Alix. Beau port. in-fol. en couleurs.

932 **Jacob** (Jean), fondeur de canons, 1709, par Wolfang. Gr. in-fol.

933 **Jeaurat**. peintre, par Lempereur. Portr. in-fol.

934 **Joséphine**, le jour du couronnement. 2 portr. in-fol. coloriés.

935 **Junius Brutus**, par Alix. In-fol. en couleurs.

936 **Kaunitz** (prince de). bronze de Haguenauer, gravé à Vienne en 1786, par Schmuzer. Gr. in-fol.

937 **La Bruyère**, par Leroux, 1818, avant et avec la lettre. 2 p. in-8.

938 **Lamoignon de Malesherbes**, par Gaucher. In-4.

939 **La Motte**-le-Vayer, par Fiequet. 1775. in-8.

940 **Leramberg**. sculpteur, par Muller, 1776. In-fol.

941 **Le Tintoret**. par De Marcenay. 1755. 2 portr. in-4. avant la lettre.

942 **Louis XVI**. par Cathelin, d'ap. Rigaud. Beau p. in-4.

943 **Louis XIV**, par Hecquet et Poilly, d'ap. Mignard. Beau portrait emblématique in-fol. en larg.

944 **Louis XIV**. portraits à divers âges. par Benoist et de Boullongne. Second tirage. 2 pl. in-fol.

945 **Louis**, dauphin, par Van Schuppen, 1684. Second tirage. In-fol.

946 **Louis XVI**, distribuant des secours pendant l'hiver 1788, par Adam, 1820. Eau-forte gr. in-fol.

947 **Louis XVIII**. par Gérard, Janet et Chereau. 3 p. in-4.

948 **Louis-Philippe**, par Chevalier. In-fol., avant la
lettre.

949 **Louis**, duc de Bourgogne. In-4.

950 **Maintenon** (Mme de), par Ficquet, 1769. In-8.

951 **Montaigne**, par Lebeau. In-4. Le même, avant la
lettre. In-8.

952 **Montaigne**, — 2 pièces. In-8, avant la lettre.

953 **Muller** (Goth), par Morace. Beau portr. in-fol.

954 **Cérémonies du Sacre** de 1804, Gr. in-fol. de
7 pl. avec texte.

955 **Caricatures sur Napoléon 1er.** — 7 sujets
coloriés.

956 **Champ de bataille d'Eylau**, gravé à l'eau-
forte par Vallot, d'après Gros. Estampe gr. in-fol. en
larg. 4 états différents.

957 **Bataille d'Austerlitz**, par Gros, gravé par
Gérard. Eau-forte gr. in-fol. en larg.

958 **Buste de Napoléon**, par Fragonard et Me Benoist.
Gr. in-fol.

959 **Palissot et Sainte-Foix**, par Pœlnich. 2 portr.
in-4.

960 **Pope**, par Lebeau, d'après Marillier. In-4.

961 **Racine**, par Pierron et Gaucher. 2 pl. in-8.

962 **Rembrandt**. Créations diverses. 4 pl. in-fol.

963 **Requesens** (L. de), gouverneur des Pays-Bas.
In-fol.

964 **Rousseau** (J. B.), par Daullé. Gr. in-fol.

965 **Rousseau** (J. B.), par Picquet, 1765. In-4.

966 **Rousseau** (J. J.), en Arménien, 1769, par Nochet.
Gr. in-fol.

967 **Projet de monument à Rousseau.** Est. gr. in-fol. en larg.

968 **Sévigné** (Mme de), par Dequevilliers. 2 pl. in-fol.

969 **Solon**, par Alix. Portr. in-fol. en couleur.

970 **Vandenberghe** (H. Comes), par Pontius, d'apr. Van Dyck. In-fol.

971 **Van Dyck** en 1634. Fac-simile de l'original, par Demarteau. Portr. teinté. In-4. Rare.

972 **Van Dyck** (La femme de), par Soliman. 3 épr. In-fol.

973 **Velserus** (Marc), par Kilian, Ch. Furer, G. Reichlsodt. 3 portr. in-4.

974 **Voltaire**, par Cathelin, d'après Latour. Beau portr. in-4.

975 **Vondelius**, par Vischès. In-fol.

GENRE

976 **Sacrifice de la Rose.** Enterrement de l'Innocence, par Bergny. 2 pl. in-4, en couleurs.

977 **Appas** (Les) multipliés, par Challe. In-fol.

978 **Fidélité** (La), par Deshaye. In-fol.

979 **Amour** (L') consolé par l'Amitié. L'Amitié trahie par l'Amour, par Cazenave. 2e tirage. 2 pl. gr. in-fol.

980 **Adam** et **Ève**, par Richomme, d'après Raphaël. Gr. in-fol.

981 **Le Bain**, par Dupin. Gr. in-fol.

982 **Grâces** (Les trois), par divers. 7 pl.

983 **Suzanne au bain**, d'après Rubens. Gr. in-fol.

984 **Mère indulgente** (La), par Lempereur, d'apr. Wille. Gr. in-fol. Belle épreuve.

985 **Achille reconnu**. Enlèvement d'Hélène, par Surugue, d'apr. Vengels. 2 pl. in-fol.

986 **Jeux de Silène**, par Beauvallet et Voyez, d'apr. Saint-Quentin. In-fol. en larg.

987 **Petit jour** (Le), par Delaunay. In-fol.

988 **Contre-temps** (Le), par Dequevillers. In-fol.

989 **L'Amant regretté**, par Lejeune. Gr. in-fol.

990 **Résistance** (La), par Nicollet. In-fol.

991 **Horoscope accompli**. Les Epoux curieux, par Pense, d'après Frendeberg. 2 pl. in-fol.

992 **Premier baiser de l'Amour**. Le Rocher de la Meilleraie. Premier mouvement de la Nature. L'Élysée (*Nouvelle Héloïse* de Rousseau), par Schall. 4 pièces, gr. in-fol.

993 **Scène de Bacchanale**. Est. in-fol. en large.

994 **Borée et Orythie**, par Bouillard. Est. gr. in-fol.

995 **L'Amant Poëte**, par Levilly, | d'apr. Boilly. Gr. in-fol. Très belle épreuve.

996 **Finissez !** La Pantoufle. 2 pl. in-fol. avant la lettre.

997 **Écueil de la sagesse**, par de Mouchy. In-fol.

998 **La Balançoire**. La Danse à trois, par de Mouchy, d'apr. Lepeintre. 2 est. in-fol.

999 **Familiarité dangereuse**, par Herbé. In-fol.

1000 **Désirs satisfaits**. La vertu sous la garde de la Fidélité, par Patas et Le Beau. 2 est. remontées. In-fol.

1001 **Bouquet** (Le) **présenté**, par Wolff. Est. gr. in-fol., man. noire.

1002 **Espoir d'un heureux jour**. — Revers de for-
tune, par Morin d'ap. Bonnieu. — 2 est. en coul.
In-fol. Réunion rare.

1003 **Caprices**, eaux-fortes d'Henri Regnault. 5 pl.
in-fol. Rare.

1004 **Boucher**. — Le Repos et la Confidence, par Bonne-
foy. 2 pl. in-fol.

1005 **Sommeil d'Endymion**, par Muller d'ap. Langlois. Est. gr. in-fol. Sur Chine.

1006 **Offrande à l'Amour**, par Macret, d'ap. Greuze.
Est. gr. in-fol.

1007 **Barbier**. L'Attention dangereuse, par Demel.
In-fol.

1008 **Jupiter** et **Léda**. — Le dieu Terme. 2 pl. in-fol.

1009 **Greuze**. — Accordée (L') de village. — La Paysanne. 2 pl.

1010 **Apprêts du bain champêtre**, Rosina, par Gas-
nier d'ap. Guet. Est. in-fol.

1011 **Boucher**. — L'Amour surpris. — L'Amour fri-
vole, par Beauvarlet. In fol.

1012 **Attente du plaisir**, par Lempereur d'ap. Carra-
che. Est. gr. in-fol. en larg.

1013 **Boucher**. Vignettes gravées par Lemire et divers.
11 p. in-8.

1014 **Fragonard**. — Les Pétards. — Les Jets d'eau, par
Auvray, 2ᵉ tirage. — 2 pl. in-fol. grandes marges.

1015 **Fragonard**. — Famille du fermier par Beauvarlet. In-fol. en larg. Très-belle épreuve.

1016 **Fragonard** et **Dufey**. — Costumes du Moyen
âge. 11 pl. in-4.

1017 **Grâces** (Les trois), par Pasquier d'ap. Vanloo. Est. in-fol. fatiguée.

1018 **Fragonard.** — Le Pot au lait. — Le Verre d'eau. 2 pl.

1019 **Vénus**, **l'Amour** et **les Grâces**, par Cevilly. In-8.

1020 **La Fécondité**, par Lairesse. Est. gr. in-fol.

1021 **Amour enchaîné** par les Grâces. — Les Grâces enchaînées par l'Amour, par Thouvenin. — In-fol.

1022 **Céphale enlevé par l'Aurore**, par Cars d'ap. Lemoine. Gr. in-fol.

1023 **Esclave** (L') **heureux**, par Mathieu. In-fol.

1024 **Virgile et le Berger**, par Adam d'ap. Steuben. In-fol. av. la lettre.

1025 **Psyché**, par Bartholoni. — 2 pl. in-fol. grandes marges.

1026 **Diane** et **Endymion**, gravé en 1751 par Le Vasseur, d'ap. Vanloo. Est. gr. in-fol.

1027 **Joseph** et **Mme Putiphar**, par Frey, d'ap. Cignanus. In-fol.

1028 **Cipriani.** — Vénus endormie. — Diane et les Nymphes, par Ruotte. — 2 pl. grandes marges.

1029 **L'Aurore**, par Chaponier. In-fol.

1030 **La Surprise**, par Louvrié d'ap. Baudoin. In-fol., man. noire.

1031 **Nymphe surprise**, par De la Richardière. — In-fol.

1032 **Pyrame** et **Thisbé**, par Vangelisty d'ap. Guido Reni. Est. in-fol. en larg.

1033 **Eve** et **Betsabée**, par Simon. 2 pl. in-fol.

1034 **Apollon** et **Daphné**, par Le Vasseur d'ap. Jordans. In-fol. en larg.

1035 **Duvivier**. — Jupiter et Léda. — Vénus et l'Amour. 2 pl. in-fol. grandes marges.

1036 **Triomphe de Bacchus**. — Adonis. — Offrande à la Fécondité. — Triomphe de Vénus, etc. In-fol. en larg.

1037 **Vénus**. — Le Midi. — La Nuit. — Le Matin, par Blaizot. 4 pl. in-fol.

1038 **Mari dupé**. — La Prudence en défaut, par Patas d'ap. Le Barbier. 2 pl. in-fol.

1039 **Vénus** sortant du bain. In-fol.

1040 **Honny soit qui mal y pense**. — Honny soit qui mal y voit, par Carême. 2 pl. in-fol.

1041 **Vigée.** La Vertu irrésolue. In-fol.

1042 **Fleuve Scamandre** (Le), par Allain. In-fol.

1043 **Léda**, par Saint-Aubin. d'après Véronèse. In-fol.

1044 **Freyberg**. La Chute inévitable. — Les Goûts. 2ᵉ tirage. 2 pl. in-fol., grandes marges.

1045 **Marche de Silène**. Eau-forte, avant la lettre. Belle ép., grandes marges.

1046 **Dame bienfaisante** (La), par Drolling, 1789. Eau-forte pure. In-fol. en larg. Très-belle ép.

1047 **Egine**. Erigone. d'après Girodet. 2 p. in-fol.

1948 **Jeux des Amours**, par Lairesse. Eau-forte. In-fol.

1049 **Le Curieux**, par Baudoin. In-fol.

1050 **A la Santé du Roi**, scène, gravée à l'eau-forte. Gr. in-fol. en larg.

1051 **Moissonneurs** (Les), de Robert. — Comment l'esprit vient aux filles. — Suzanne, de Coypel, etc. 13 p. in-fol.

1052 **Chien du Régiment** (Le). — Chien du Trompette, par Fortier, d'après Vernet. 2 pl. gr. in-fol. Eaux-fortes.

1053 **Prudhon.** Sujets gracieux. 3 p. in-fol.

1054 **La Vocation religieuse**, par Bosc, 1823. Eau-forte. Grand in-fol.

1055 **Comparaison du Bouton de Rose.** — Le Réfractaire. — L'Amitié, par Saint-Aubin. 3 p. in-fol.

1056 **Débarquement** (Le). Eau-forte de Duplessis-Bertaux. In-fol.

1057 **Polichinelle.** Eau-forte de Meissonnier. In-4.

1058 **Huet.** La Déclaration. — Bon à prendre. 2 p. in-fol,

1059 **Huet.** 20 sujets d'animaux, sur 7 feuilles.

1060 **Huet.** 4 sujets de genre, sur 2 feuilles.

1061 **Costumes parisiens** (An. XIII—1808). 3 pl. en couleurs. In-8.

1062 **Regnault.** — Dors. — Ah ! s'il s'éveillait. 2 p. in-fol.

1063 **Joueuse de Flûte**, par Ardelle. In-fol., manière noire.

1064 **Baigneuses**, par Sixdeniers, d'après Rioux. 8 p. in-fol.

1065 **Lot** de 75 vignettes sur la Henriade et la Pucelle.

1066 **Nécessité n'a pas de loi.** In-fol.

1067 **Oracle des Curieux**, par Castellux, d'après Le Poussin. Est. in-fol. en larg.

1068 **Depart pour le Sabbat**, par Maleuvre. In-fol.

1069 **Watteau.** Paravent, gravé par Crespy. In-fol.

1070 **Chasselas.** La Journée de Psyché. 4 p. in-fol.

1071 **Arabesques**, gravées par Dugourd, en 1782. 6 p. in-8.

1072 **Emplette inutile** (L'), par De Launay, d'après Charpentier. Est. gr. in-fol.

1073 **Bosselman**, La Flèche de l'Amour. — L'Amour riant. 2 p. in-fol.

1074 **Conversation flamande**, par Glairon, d'après Leduc. Gr. in-fol. Belle épr. avec marges.

1075 **Boselman**. Hébé et Psyché. 2 pl. in-fol.

1076 **L'Indiscret** et le **Voluptueux**, par Borel. 2 p. in-fol.

1077 **Amour** petit-maître, par Jaurat. Gravé en 1732 par son frère. In-fol. Très-belle ép.

1078 **Promenade au Haras de Vernet**, 1815. Gravé par Duplessis-Bertaux et Choffard. In-fol.

1079 **Diogène** et **Alexandre**, gravé par Marle, d'après Rubens. Grand in-fol.

1080 **Lanterne magique**. Le Saltimbanque, par Cavelli. 2 pl. in-fol.

1081 **Valeur** et **la Prudence** (La), par Tardieu. Pl. in-fol.

1082 **Jardinière** (La), par Basan, d'après Miéris. Grand in-fol. Belle ép.

1083 **Poésie** (La). Jeanne Gray. — Jeune Fille. 3 gravures anglaises en couleurs.

1084 **Leçon de basse** (La), par Vibert. in-fol.

1085 **Fête flamande**, par Lucas de Leyde. 1519. In-fol. en larg.

1086 **Négociant** d'Amsterdam (Le), par Martinet, d'après Rembrandt. Grand in-fol. en larg. Belle ép.

1087 **Détachement de Cavalerie**, par Clément, d'ap. Parrocel. Grand in-fol. en larg. Belle marge.

1088 **Etude (L') qui veut arrêter le Temps**, par Avril, d'après Ménageot. In-fol.

1089 **Mendiants**, par Callot 15 feuilles in-4.

1090 **Bacchanales**. Dessin de Delarue. Grand in-fol.

1091 **La Mélancolie**. Dessin de Zuccarro. In-fol.

1092 **Fermière** (La). Dessin de Huet. In-4.

1093 **Dernier des Mohicans** (Le), type du Carnaval. par Dreuer. Dessin in-4.

VARIÉTÉS, DESSINS, VIGNETTES

1094 **Châteaux de France**, par Deroy, Assefineau, etc. Gr. in-fol., dem. mar. rouge à nerfs, filets.

1095 **Entrée de la Forêt de Fontainebleau**. Dessin de Topfer. In-fol.

1096 **Chasse au Lion**. Dessin de Delarue. Gr. in-fol.

1097 **Apothéose d'Henri IV**, par Moreau. In-4.

1098 **Promenade** (La). Dessin colorié. In-fol.

1099 **Attributs**, xviiie siècle. Dessin. In-fol.

1100 **Fontaines** rocailles. 3 dessins sur deux feuilles. In-fol.

1101 **Vases**, genre Lepautre. 8 calques sur une feuille.

1102 **Mea-culpa** du Pape, 1793, caricature tirée en bistre, in-fol., avant la lettre. Belles marges.

1103 **Bernard-Picard**. Album d'animaux. 32 p. in-4.

1104 **Berghem**. Animaux, 6 sujets.

1105 **Lot** sur les Ballons. 20 p.

1106 **Lot** de 80 pièces sur les Voitures.

1107 **Lot** de 167 Frontispices, Affiches et titres de Livres.

1108 **Lot** de 30 p. sur la Mort, par Tortebat et autres.

1109 **Faits de guerres chinois**, gravés en 1784, par Helman. Lot de 20 p.

1110 **Sujets sur la Russie**, par Suebach et divers. 18 p.

1111 **Bassage**. la Terre, le Feu, in-fol.

1112 **Soleil couchant**, par Audouard, d'ap. De Flotte. p. in-fol.

1113 **Chute de la Truilt**, par Decourtils. In-fol. en couleurs.

1114 **Geneviève de Brabant**, par Legrand. Est. gr. in-fol.

1115 **Naples et paysage**, par Cl. Lorrain et Nicole. 2 pl. in-fol. Rares.

1116 **Frises antiques**, par Allais et divers. 3 pl. in-fol. en larg.

1117 **Monuments romains**, par Saint-Non, d'ap. Robert. 3 pl. in-fol. en larg.

1118 **L'Annonciation**. Dessin du xviie siècle, monte sur Bristol.

1119 **Naissance** du Christ annoncée aux bergers. In-fol.

1120 **Caresses** de l'Enfant-Jésus à saint Jean, par Massard, d'ap. Raphaël. In-fol.

1121 **Emblèmes religieux**. Dessin d'ornements, par Desrais,

1122 **Sainte-Famille**, par Freze, d'ap. Raphaël. In-fol.

1123 **Vierge** (la), par Desnoyer, d'ap. Raphaël. In.fol.

1124 **Christ** (le) **au jardin des Oliviers**. Dessin de Desrais. Gr. in-fol..

1125 **Descente de Croix**, d'ap. Raphaël. In-fol.

1126 **Sainte Thérèse**, par Lairesse. In-fol.

1127 **Martyre de Sainte Catherine**? Dessin de Zuccari. In-fol.

1128 **Arabesques du Vatican**, gravées sous la direction de Chofart. 12 pl. in-fol.

1129 **Roullet**. Voûtes du Vatican. 2 pl. gr. in-fol.

1130 **Gavarni**. Lot de 7 types. — Le même, 108 types.

1131 **Damourette**. Les Actrices. 56 p. in-8.

1132 **Raffet**. Scènes populaires. 18 p. in-4.

1133 **Monnet**. Métamorphoses d'Ovide. 32 p. in-8.

1134 **Livre** de toutes sortes de fleurs, par Baptiste Mennoyer Pina. 15 f. in-fol.

1135 **Gravelot**, 4 feuilles des Métamorphoses d'Ovide. In-8.

1136 **Fleurs**, par Chazel. 5 f. in-fol.

1137 **Granville**. Lot de 192 p. tirées de journaux et d'ouvrages divers.

1138 **Chateaubriand**. Illustrations pour les *OEuvres*, par Desenne. 37 p. in-8.

1139 **Aubry**, 60 pièces sur les Aventures du Chien chéri. 4 sujets.

1140 **Lot** de 86 vignettes sur le roman de Don Quichotte.

1141 **Béranger** (Vignettes pour le), par Devéria et Johannot. 9 p. in-12.

1142 **Molière**. Vignettes d'après Boucher, par Legrand. 28 p. in-18.

1143 **Eisen**. Métamorphoses d'Ovide. 58 p. in-8.

1144 **Eisen**. Bal chinois, par François. In-fol. Belle épreuve.

Vᵉ Renou, Maulde et Cock, imprᵉ de la Cie des Commissaires-Priseurs, rue de Rivoli, 144. 15430

www.ingramcontent.com/pod-product-compliance
Lightning Source LLC
LaVergne TN
LVHW012215170726
843503LV00005B/2078